悪女と入れ替わったので、聖女を辞めて田舎でスローライフを満喫します

夢咲まゆ

この作品はフィクションです。
実在の人物・団体・事件などに
一切関係ありません。

CONTENTS

悪女と入れ替わったので、聖女を辞めて田舎でスローライフを満喫します

1

それは謁見の間での出来事だった。

「エブリン・バートン！　貴様は聖女セレスティアに嫉妬し、あろうことか彼女を階段から突き落としたそうだな？」

赤い絨毯《じゅうたん》が敷かれた先には数段の階段があり、その上に王太子レックスが立っていた。

すぐ隣には銀髪の女性も控えており、一緒になってこちらを見下ろしている。

セレスティア・イシュタール。レスター王国唯一の聖女だ。

銀髪碧眼の姿は、いかにも穢《けが》れのない聖女という感じで、純白のフードローブを纏っているると「神々しい」とさえ思えてくる。

でもこうして少し離れた場所から観察してみると、ほとんど白一色で面白味のない格好にも見えてしまった。

（やっぱり、髪飾りくらい着けておくべきですわね）

聖女たるもの、そんなカラフルに着飾るわけにはいかない……が、だからといってあそこまで白一色では存在感がない。あまりに儚《はかな》げで、雪みたいにふわっと消えてしまいそうではないか。

せめて髪の毛を黒く染めるとか、ローブを赤にするとか、そういう濃い色を加えれば、あそこまで儚い雰囲気にはならないのに。

そんな場違いなことを考えていたら、レックスに鋭い声を浴びせられた。

「おい、聞いているのかエブリン！　この期に及んでボーッとしているとは、いい度胸だな？　自分の状況がわかっていないのか!?」

「あ……いえ、わたくしは……」

「レスター王国唯一の聖女を害するのは、国に弓引くのと同じだ！　俺の婚約者でありながらそんな大罪を犯すなど……恥を知れ、この悪女め！」

「も、申し訳ございません……」

勢いに押され、反射的に謝ってしまった。が、自分が謝る必要はなかった気がする。

だってわたくし、聖女を害してなんかいませんもの。

だがレックスは強い口調で続けた。

「本来なら即刻斬首《ざんしゅ》に処《しょ》するところだが、一応貴様は身分ある貴族の令嬢だからな。バートン侯爵には世話になっているし、セレスも極刑は避けるようにと貴様を庇《かば》っている。俺個人としては不服だが、ここはセレスの顔を立てて斬首だけは勘弁《かんべん》してやろう。ありがたく思えよ」

「はあ」

「だが貴様の罪が消えたわけではない！　よってエブリン・バートンとの婚約は破棄し、王宮から追放処分とする！」

レックスが高らかに宣言した瞬間、周囲の貴族たちがどよめいた。

聞こえてくる声は様々で、やむを得ない処置だと評価する者もいれば、聖女の優しさを讃《たた》える者、「そんなことをしたら勢力図が……」などと大人の話をしている者までいる。

それでも、体感的にはこちらに向けられる悪意の方が多いようだった。

聖女セレスティア・イシュタールを害した、悪女エブリン・バートン。

この場の認識は、ほぼそれで固まりつつあった。

（うーん……でも、聖女一人を突き落とした程度で婚約破棄に王宮からの追放とは、随分偏《かたよ》った処分ですわね）

こういう時はまず双方に事情聴取をして、必要なら裁判を開くとか、そういう手順を踏むのが普通だと思うのだが。

こちらの言い分を全く聞かずにいきなり「婚約破棄だ！」と言ってしまうのも、なかなか乱暴な話である。

「おい兵士ども！　さっさとそいつを摘まみ出せ！　二度と俺の前に姿を見せるな！」

「……！」

そう怒鳴られ、ハッと我に返った。

両脇を兵士に挟まれたところで、慌てて口を開く。

「レックス様、お待ちください。わたくしは……」

「黙れ！　俺のセレスを傷つける悪女の戯言など聞きたくない！　お前みたいなヤツに話しかけられるのも不愉快だ！」

「……！」

「おい、何をもたもたしている！　さっさとそいつを連れて行け！」

レックスは既に怒り心頭である。端整な顔に青筋が浮かんでいた。

そんなに怒ったら血管が切れてしまいますよ……などと違う方向の心配をしていると、隣の聖女が窘めるように彼に声をかけた。

「レックス様、どうか怒りを静めてください。私は大丈夫ですから」

「あ、ああ……すまない。セレスは本当に優しいな。どこぞの悪女とは大違いだ」

愛おしそうに聖女の手を握るレックス。

そしてもう一度こちらを睨みつけ、冷淡に命じてきた。

「失せろ！」

兵士に引きずられるように部屋の外に出されてしまう。

「お待ちくださいレックス様……！　わたくしは――」

わたくしが本物の「セレスティア・イシュタール」なんです……！

そう叫びたかったが、謎の力に阻まれて声が出なかった。

謁見の間からつまみ出される時、聖女セレスティアと目が合った。

彼女はおよそ聖女には似つかわしくないような顔で、ニヤリとこちらを見下していた。

2

数日前のこと。

「…………」

薄暗い瘴気《しょうき》が大地を覆っていた。

靄《もや》のかかった場所は草ひとつ生えておらず、土が剥き出しのままところどころにヒビが入っている。

そんな不毛の地に、一人の女性が降り立った。

純白のフードローブを纏い、両手を掲げながら、歌うように浄化の呪文を口にする。

暗き澱《よど》みよ　流れて

癒《いや》しの力よ　廻って

花　咲かせ　芽吹かせて

永久の恵みあれ

呪文に応えるように、彼女の周りから瘴気が薄れていく。

同時に大地が潤い、ヒビ割れていた場所からぴょこんと双葉が生え始めた。他の場所からも次々に植物が芽吹いていき、みるみる瘴気が消え去っていく。

呪文が終わる頃には、不毛の地は一面の花畑になっていた。

「おお！　さすがは聖女様だ！」

「セレスティア様、ありがとうございます！」

様子を見守っていた村人が、口々に礼を言ってくる。

セレスティア・イシュタールは白いフードを被り直し、微笑みながら答えた。

「いえ、村の穢れが祓《はら》われてよかったですわ。これで畑の作物も健やかに育つことでしょう」

「いやぁ、本当に聖女様は素晴らしい方ですじゃ。こんな辺鄙な村までやってきて穢れを祓ってくださるとは」

「セレスティア様さえいてくだされば、この国は安泰《あんたい》だな」

「また何かあったらよろしくお願いします」

「ええ、もちろんです」

村人たちの称賛を笑顔で受け流し、セレスティアは小さく頭を下げた。

「それでは、わたくしはこれで。タンバ村に、永久の恵みがあらんことを」

すぐ近くに停まっていた馬車に乗り込む。

馬車に乗ってからも村人からの称賛の声は止まず、セレスティアは小窓からにこやかに手を振り返した。

馬車が動き出し、村から離れたところで御者《ぎょしゃ》に尋ねる。

「今日の浄化はこれで最後ですか？」

「いえ、たった今セルクル村から依頼が入りました。何でも瘴気を纏った魔物が現れ、畑の作物を食い荒らしているとか」

「まあ……それは大変ですわね……」

「すぐに向かいますので、今のうちにお力を蓄《たくわ》えておいてください。魔物が相手では、我々は太刀打ちできませんので」

「え、ええ……わかりました……」

セレスティアは御者に気付かれないように、小さく息を吐いた。

魔力を使い続けたせいか、額には薄っすら疲労の汗が滲んでいた。

◆　◆　◆

セレスティアが王宮近くの教会に帰って来たのは、陽も暮れかけた夕方のことだった。

「セレスティア様、大丈夫ですか？」

少しふらついていたところを、御者が心配して声をかけてくれる。

（今日も魔力を使いすぎてしまいましたわ……）

毎日のように地方に遠征し、土地の浄化ないしは魔物の討伐を行っているのだから疲れて当然だ。しっかり休めば回復するのだが、回復しきる前に次の仕事が舞い込んでしまうので、疲労は蓄積する一方である。

とはいえ、聖女が疲れた顔をしているわけにはいかない。

セレスティアはあえてにこりと微笑み、御者に笑顔を見せてやった。

「大丈夫ですわ……。明日も早いですから、今日はこれで失礼いたします」

「はい、また明日お迎えに参ります。どうぞよろしくお願いいたします」

御者が教会を離れていったので、セレスティアは笑みを消して教会内に入った。

この教会は、セレスティアが普段生活している居住区である。五年前にレスター王国の聖女に選ばれた時、実家のイシュタール男爵領から引っ越してきたのだ。

教会らしく建物自体はシンプルで、扉から入ってすぐのところには礼拝堂と女神の像。白塗りの両壁には歴代の聖女・聖導師の肖像画が飾られている。セレスティアの肖像画も一番手前に並べられていた。

それ以外は本当に何もなく、聖女らの生活スペースに通じる扉があるだけだ。

(それにしても、何故わたくしの肖像画だけこんなにも堂々と飾られているのでしょうか……)

肖像画の前を通りかかる時、セレスティアはいつも複雑な気分になる。

聖女・聖導師の肖像画は就任した時に一枚描かれ、引退した時にここに飾られるものだと聞いていた。

にもかかわらずセレスティアの肖像画だけは毎年必ず一枚作成され、引退する前から堂々とお披露目《ひろめ》されているのである。

しかも、他のどの肖像画よりも大きなキャンバスで目立つように制作されているものだから、セレスティアとしては恥ずかしいことこの上なかった。

できることなら取り外してしまいたかったが、これを飾ったのはレスター王国王太子レックスなので、勝手に外すこともできないでいる。

「ふう……」

小さく溜息をつき、肖像画の前を通り過ぎて奥の扉を開けた。

こぢんまりとした生活スペースには真ん中に幅広の食事用テーブルが置かれていて、その周辺にはそれぞれの個人部屋に通じるドアがあった。

　ここで生活している修道女は全部で四人いて、セレスティアが仕事で出張している間、教会の雑用をこなしてくれている。

　と言っても、魔力のない普通の修道女にできることなど掃除や洗濯、炊事《すいじ》くらいで、仕事の助けにはならないのだが。

　そんな修道女たちが、お菓子を広げながらテーブルで談笑している。

「あっ、セレスティア様、おかえりなさいませ」

「お先にいただいてまーす」

「見てください、今日は外国から輸入した紅茶もあるんですよ。セレスティア様もお飲みになりますか？」

　セレスティアの返事も聞かず、修道女の一人が早速お茶を淹れ始める。

　お茶自体はありがたかったが、内心かなり困惑していた。

（なんでしょう、この豪華な差し入れは……。まさかまたレックス様が……）

　念のため、セレスティアは彼女たちに聞いてみた。

「あの、こちらのお菓子は一体……？」

「レックス様が持ってきてくださったんです。毎日お菓子を届けてくださるなんて、すごい太っ腹ですよねー」

「それだけセレスティア様が愛されてるってことじゃないですかー。美人な聖女様はおトクでいいですよねー」

「それにホラ、今日はこんなドレスも持ってきてくださったんです。セレスティア様、お召《め》しになってはいかがです？」

　立派な白い箱に入っていたのは、フリルがたっぷりついた赤いドレスだった。胸元に宝石も散りばめられており、如何《いか》にも高価な衣装だというのがわかる。

（またレックス様は……。一体何のつもりでこんな贈り物をしてこられるのでしょうか……）

　思わず顔が引き攣った。

　新しいドレスは嬉しいけど、王太子からの贈り物なんて畏れ多くて受け取れない。

　そもそも、セレスティアはあくまで「聖女」だ。レックスの婚約者ではないし、ましてや愛人でもない。このような高価なプレゼントをいただく筋合いはない。

　かといって突き返すのは失礼になるし、捨てることもできずにいる。

　どうしようか迷っていると、最年少の修道女が無邪気な口調で聞いてきた。

「セレスティア様は、こういう派手なドレスはお好みじゃないんですよね？　今までいただいたドレス、一度も着てませんし」

「え、ええ……まあ……」

「セレスティア様が着ないなら、私が着てもいいですか？　その方がドレスも喜ぶと思うんですよね。……あ、大丈夫です！　レックス様にはバレないようにしますから」

「はあ……それなら、まあ……」

「やった！　このドレス、可愛くていいなーって思ってたんですよ！　ありがとうございます！」

早速自分の部屋にドレスを持って行く修道女。彼女の部屋には、今までセレスティア宛てに贈られたドレスが山のように保管されていることだろう。いいのか悪いのか。

セレスティアは密かに溜息をついた。

「では、わたくしはこれで……。明日も早いので、先に休ませていただきますわね」

「あ、そうですか。じゃ、おやすみなさーい」

「土地の浄化、頑張ってくださいねー」

屈託《くったく》ない笑みを返してくれる修道女たち。

セレスティアは自分の個室に入り、ドサッとベッドに倒れ込んだ。

（ああ、今日も疲れましたわ……）

フードローブを脱ぐのも忘れ、ぐったりと目を閉じる。

積み重なった疲労がズシーン……と身体にのしかかり、このまま夕食もとらずに眠ってしまいたい衝動に駆られた。

（というか、一体いつまで聖女でいなければならないのでしょう……）

レスター王国には、国に認定された公式の「聖女（男性の場合は「聖導師」）」が存在する。

聖女とはレスター王国の穢れを祓い、時に魔物を鎮め、国を清浄《せいじょう》に保つのが仕事だ。

人が生活している土地は少しずつ「澱み」が溜まっていき、それが一定数溜まると「瘴気」となって大地から噴出してしまう。瘴気は周囲に悪影響を及ぼし、草木は枯れ、土地も痩せ、時には「魔物」と呼ばれる特殊な生物が出現することもあった。

そんな問題を解決するために、聖女が存在しているのだ。

ちなみに、セレスティアは今から五年前――十六歳の時に聖女に就任した。

イシュタール男爵家の令嬢として初めて王宮を訪れた際、たまたまレックスと遭遇し、挨拶したらいきなり「聖女になってくれ」と頼まれたのだ。お前は清らかで美しい、お前こそがレスター王国唯一の聖女だ……と。

そうしてセレスティアは、レスター王国第一〇一代聖女になったのである。以来、レックスの言う通り真面目に業務に取り組んでいた。

だがずっと休みなしで働き続けてきたからか、心身共にそろそろ限界だった。

（早く引退したい……）

聖女・聖導師は一定の期間務め上げたら引退し、次の人物に引き継ぐのが慣例となっている。瘴気の浄化には膨大な魔力が必要となるため、三、四年も魔法を使い続けたら身体がボロボロになってしまうからだ。

なので、聖女の就任期間は平均で約三〜四年。セレスティアも最初は「三年くらい務めれば実家に帰れる」と思っていた。

ところが聖女に就任して三年が経過したある日、レックスに「そろそろ引退の時期かなと思いまして」とほのめかしたら、彼はさも嫌そうに眉を顰《しか》めてきた。

「引退だと？　何を馬鹿なことを言っているんだ？　お前は俺が任命した聖女なんだぞ。三年程度で引退できると思うなよ」

「え……ですが、聖女・聖導師は三、四年で引退するのが慣例なのでは……」

「それはあくまで慣例だ。例外はある。少なくともお前は、俺の許可なしには引退できない。これは絶対だ」

「そんな……」

「当たり前だろう。そもそもお前は、レスター王国唯一の聖女だという自覚が足りていないんだよ。聖女がいなくなったら、各地の瘴気は誰が祓うんだ？　後任の人物もいないのに、引退したいとかふざけてるのか？　そんな無責任な発言は二度とするな！」

「…………」

「わかったか？　わかったら返事をしろ、セレス」

「……はい、申し訳ありません」

「まったく……本当にお前は、いつまで経っても責任感がなくて困るよ。今度また無責任なことを言ったら、罰として鞭《むち》打ちにでもしてやるからな」

このように烈火《れっか》のごとく怒られてしまったので、それ以来「引退したい」と言い出せなくなってしまった。

レックスが後任の人物を見つけて「引退許可」を出してくれるまで、セレスティアはこのまま聖女の仕事を続けるしかなかった。

でも……。

（さすがにそろそろ、身体が保たなくなってきましたわ……）

長年の疲労が溜まりに溜まり、事あるごとに「引退したい」と思うようになった。遠征から帰った途端、着替えもせずに自室で寝落ちしてしまうことも増えた。レックスの的外れな差し入れや、修道女たちの図々しさに苛々《いらいら》することも少なくない。それだけ心と身体が擦り減っている証拠だ。

とてもじゃないが何かをする気力など湧かず、大好きなおしゃれに気を配ることもできなくなっていた。

（髪もお肌も、全然お手入れできていませんし……）

うっすら目を開け、横目に映った自分の髪を一房手に取る。

聖女になる前は艶《つや》やかでコシのある銀髪だったのに、今は長さもまばらで枝毛も目立っていた。肌も乾燥しがちで頬がこけ、顔色の悪さをごまかせなくなりつつある。

清らかな聖女様……などと讃えられているものの、フードと化粧で必死にカバーしているだけで、溌剌とした美しさとは真逆の状態にあった。

一応まだ二十一歳なのに、なんてひどい有様だろう……。

（レックス様、お願いですから早く引退させてください……）

セレスティアが願うのは、ただそれだけだった。

引退した暁《あかつき》には、実家に戻ってしばらくのんびりしよう。

まずはよく寝てよく食べ、よく運動して健康を取り戻す。それから肌や髪のお手入れをして、調子がよくなったら思う存分おしゃれをして街に繰り出して……云々《うんぬん》。

平和な妄想を繰り広げていたら、ドアの向こうで修道女たちのお喋《しゃべ》りが聞こえてきた。

「セレスティア様がいると、私たちも贅沢ができていいですよねー」

「セレスティア様は差し入れにもプレゼントにも興味ないみたいだけど。もったいないわよね」

「聖女の仕事で忙しいんだから、仕方ないでしょ。引退して王太子妃になったらいくらでも綺麗なドレス着れるし、美味しいもの食べられるし。今は我慢してるんじゃない？」

何やら不可思議なことを言われ、眠気が一気に冷めた。「引退して王太子妃になったら」とはどういうことだ……？

「レックス様の態度を見ていれば明らかよねー。こうやって毎日のようにプレゼント持ってきて、贅沢なお菓子の差し入れもしてくれるし。セレスティア様に気があるのは誰が見てもわかるわよねー」

「え？　でもレックス様って婚約者いるんじゃないんですか？」

「ああ、エブリン様でしょ？　でもお二人の仲はあまりよくないみたいよ？　少なくともレックス様は、エブリン様と結婚するつもりはないみたいだし」

「そうそう。レックス様もエブリン様もとっくに二十歳超えてるのに、一向に結婚式挙げないんだもん。なんかレックス様、エブリン様との婚約を破棄《はき》してセレスティア様と結婚しようと考えていらっしゃるみたいよ？」

えっ、と小さく驚愕の声が漏れた。

（わたくしと結婚？　既に婚約者がいらっしゃるのに？　そんなことが可能なのですか……？）

いや、可能かどうかはともかく、セレスティアは王太子妃になるつもりなど毛頭《もうとう》ない。

自分は王族になれるような身分ではないし、それにふさわしい教育を受けてもいないのだ。王妃になったらレックスを支えてレスター王国を治めていかなくてはならないし、自分ごときにそんな責任を果たせるとは思えない。

（聖女のお役目ですら身体を壊しそうになっているのに、王妃様だなんて……さすがに無《む》謀《ぼう》すぎるでしょう……）

はぁ……と重い息を吐く。

思えば、十六歳の時にレックスに目をつけられたのが運の尽きだった気がする。

王太子直々のお願いを男爵令嬢ごときが断れるはずがない……という事情はあったにせよ、二つ返事で「やります」と言ってしまったのは明らかに失敗だった。

国の役に立てるのは嬉しいけどここまで多忙だとは思っていなかったし、そもそも聖女としての待遇《たいぐう》が聞いていた話と全然違っている。

（聖女をサポートする人材もいるって、レックス様は仰《おっしゃ》っていたのに……）

国中の穢れを祓うのだから、当然サポート役は優秀なシスターや白魔導師だと思うだろう。

ところが蓋を開けてみれば、サポート役は教会の雑務をこなしてくれる修道女のみ。これでは仕事の役には立たないし、交代で休みをとることもできない。

一応出張している間に雑用をこなしてくれるのはありがたいが、それだけでは釣り合いが取れていないなぁ……というのが正直なところだった。差し入れられたお茶やお菓子は当たり前のように食い尽くされ、おまけにドレスまで持って行かれてしまうのだから、セレスティアからすればむしろマイナスである。

それともうひとつ、セレスティアを悩ませている大きな問題があって――

「セレス！　おい、セレスティアは何をしている？　帰っているんだろう？」

ドアの向こうで、自分を呼ぶ大声が聞こえた。

ハッとして半身を起こすと、個室のドアをノックして修道女の一人がひょこっと顔を出してきた。

「セレスティア様、レックス様がいらっしゃいましたよ」

「あ……ああ、そうですか……」

「ほら、早く行ってあげてください。愛《いと》しの王太子様を待たせたら怒られちゃいます」

的外れな一言を付け加え、修道女はサッと身を引っ込めた。

仕方なくセレスティアはよろよろと起き上がり、レックスの待つ表の礼拝堂に向かった。

「待ちくたびれたぞ、セレス。俺が呼んだらもっと早くこい。本当にお前は愚図《ぐず》だな」

「……申し訳ございません」

「まあいい。俺を待たせる女なんて全員鞭打ちにしているところだが、お前は特別だ。今回は許してやるから、以後気を付けろよ」

「はい……」

軽く膝を曲げ、しおらしく謝ってみせる。

金髪碧眼の青年レックスは、今年で二十三歳になるレスター王国の王太子だ。見目麗《みめうるわ》しく王子然とした人で、国民からの人気も高いらしい。

ただ——見た目とは裏腹にだいぶ俺様気質なところがあって、思い遣りに欠ける言動が多かった。もう休みたいのにこちらの都合も考えず訪問してきたり、的外れな差し入れをしてドヤ顔をしてきたりと、正直かなり辟易《へきえき》している。何かあるとすぐに「鞭打ちにしてやる」と脅《おど》してくるのも、痛々しくて聞くに堪えなかった。王太子ともあろう者が、そんな乱暴なことを言っていいのか。

（というか、こんな頻繁《ひんぱん》にわたくしに会いにきて大丈夫なんでしょうか……。レックス様の婚約者様に恨まれそうなのですが……）

二十歳になっても結婚式を挙げず、それどころか別の女性のところに通いまくってせっせとプレゼントを贈っている。そんなことが知れたら、レックスの婚約者——エブリンだったか——も、決していい顔をしなさそうだ。

こちらは全然そんなつもりはないのだから、誤解を招くような行動は慎んで欲しい。プレゼントも差し入れもいらない。レックスと結婚だなんてとんでもない。

セレスティアの望みはただひとつ、聖女を引退することだ。それが叶わないのなら、まとまった休日でもいい。

とにかく、少しでいいから休ませてください……。他は何もいりませんから……レックス様の寵愛《ちょうあい》も、綺麗な宝飾品も不要ですから……お願いします……。

「今日も出張ご苦労だったな。真面目なところは、お前の長所だと思うぞ」

と、レックスが労《ねぎら》ってくる。

「何か欲しいものはないか？　ドレスでもアクセサリーでも、外国の嗜好品《しこうひん》でもいい。遠慮せずに言ってくれ」

「いえ……そういったものはいりません……」

「またそれか。セレスは本当に無欲だな。たまにはわがままを言ってもいいんだぞ？　何でもかんでも欲しがる女よりマシだけどな」

「ありがとうございます……」

「そういえば、今日の昼に届けさせた赤いドレスは気に入ったか？　いつかお前がそれを着ているところを見せてくれ」

「ええ……いつか必ず……」

さすがに「あれは修道女の一人が持って行きました」とは言えなかったので、曖昧《あいまい》に微《ほほ》笑《え》んでごまかす。

そもそも宝石やフリルが大量についた真っ赤なドレスだなんて、派手すぎて自分には似合わない。少なくとも、セレスティアの好みではない。

そういうゴテゴテした派手なドレスではなく、シンプルながらも可愛らしくコーディネートするのが好きなのだ。

（結局あのプレゼントも、レックス様の趣味でしかないですからね……）

これだけプレゼント攻勢をかけてくるのなら、相手の好みくらい把握しておくべきだと思うのだが。

そういう自分本位なところも、辟易してしまう要因である。

（もういい加減帰っていただけないでしょうか……。わたくしと話していても楽しくないでしょうに……）

レックスとの会話で、盛り上がったことはない。

いつも彼が一方的にあれこれ喋ってくるだけで、こちらはただ相槌《あいづち》を打っているだけだ。

気の利いた話題も提供できないし、疲れて反応も薄くなってくるしで、本当に勘弁してもらいたい。

だが下手に追い返したらすぐに不機嫌になってしまうし、本当に鞭をしならせてこちらを脅してくることもある。そういうところも辛《つら》かった。

ああ、集中力がなくなってきた……。もう眠い……。レックス様の話を聞いていられない……。お願いだから早く帰って……これ以上は我慢できない……。

「おいセレス、聞いているのか？　セレスティア！」

「……ハッ!?」

レックスに強い口調で呼びかけられ、セレスティアは我に返った。

「あっ……も、申し訳ありません！　何でしょうか……？」

「何でしょうか、じゃないだろう。俺の前で船を漕《こ》ぐとは、いい度胸だな？」

「ああ……本当に申し訳ありません……！　仕事の疲れが溜まっていたみたいで……」

ぺこぺこと謝り倒す。

仮に鞭を振り回されても、魔法で撃退できる自信はあった。が、そんなことをしたら「王太子を害した！」などと難癖《なんくせ》をつけられ、もっと酷い目に遭わされるに決まっている。そういうトラブルはできるだけ避けたい。

「……。まあいい、以後気を付けろよ」

「え……あ、ありがとうございます……」

絶対に怒られると思っていたのに、意外にもあっさり許してもらえた。珍しいこともあるものだ。今日は機嫌がいいんだろうか。

「そういえば、今日は聖域の浄化を行っていないだろう。中庭の衛兵どもが『今日は聖女様の姿を見ていない』とか言っていたぞ」

「……それは……」

レックスのいう聖域とは、王宮の中庭に存在している祠《ほこら》のことである。

長閑《のどか》な中庭でそこだけ異質な空気が流れており、聖なる力と邪悪な力が拮抗《きっこう》しているような、奇妙な場所が出来上がっていた。

詳しいことはセレスティア自身もよくわかっていないのだが、何となくの直感で「この祠は穢してはいけない場所だ」と思い、定期的に浄化の魔法をかけている。

ただ、基本的に王宮の中庭は瘴気が溜まりにくいパワースポットになっているので、浄化も三日に一度程度で十分だった。

「ええと……あの聖域は、昨日浄化したばかりですので……」

だから今日は浄化する必要はない……と言ったつもりだったのに、レックスは不愉快そうに眉間に皺を寄せた。

「は？　そんなことを言ってサボるつもりか？　真面目なところがお前の取り得なのに、仕事をサボったら何もいいところがなくなるじゃないか」

「そんなつもりは……」

「つべこべ言っていないで、早く浄化しに行ってこい。俺が監視役として見ていてやろう」

「……。……承知しました」

仕方なくセレスティアは中庭に向かった。この場でレックスに細かい説明をしても、どうせ納得してくれないだろう。

王宮の中庭には、教会の裏口から直通で行ける。

王宮の正門からいろんなチェックを受けながら向かうことに比べれば、かなりショートカットできるので楽ではあった。

問題の祠は、中央の噴水を通り過ぎてしばらく行った場所にあった。

整備されている庭園の隅にちょこんと設置されているので、魔力のない人は気付かずスルーしてしまうかもしれない。

だがセレスティアのようにある程度魔力を持っている者なら、誰もがこの祠の不気味さを感じるだろう。

祠全体を薄っすらと黒い渦が覆っており、その周りを白い光が纏わりついている。温かい空気と冷たい空気が同時に存在しているような、通常ではあり得ない場となっていた。

(この前に立つと、錯覚でも何でもなく本当に寒気がするのですよね……。やっぱり、穢してはいけない場所なんですわ……)

せっかくここまで来たし、念のためにと軽く浄化の魔法をかけておく。

「しかし、こんなチンケな祠の何がそんなに大事なんだろうな？　俺にはさっぱりわからんが」

などと、レックスがぼやいているのが聞こえた。やはり魔力のない人には、祠の重要さは理解できないみたいだ。

というか、理解できないなら「早く浄化しに行ってこい」なんて言わなければいいのに。

何の嫌がらせなんだろう……。

　溜息をつきたくなるのを抑え、何とか浄化を終える。

　後ろでそれを見届けたレックスは、満足げに腕組みをして言った。

「よくやった。今日はこれで帰ってやろう。明日も聖女としての仕事は山積みだからな。その調子で実績を積んで、聖女としての名をどんどん高めてくれよ」

「………………」

　実績か……と、心の中で呟く。

（実績を積むと何かいいことがあるのでしょうか……？　わたくしはもう十分働いたと思うのですが……）

　自分はこれ以上実績を積みたくはないし、積んだところで自分の得になるとも思えない。

　レックスの意図がわからず、実績の意図を尋ねようとしたら、いろいろと言葉を間違えてこんな聞き方になってしまった。

「あの……実績とは何ですか？」

「はあ？　いやお前、その質問は馬鹿すぎるだろう。『実績』の意味を知らないヤツなんて、聞いたことがない」

「あ……も、申し訳ありません。何か言葉足らずになってしまいまして……」

「仕方ないな。馬鹿なお前にもわかるように教えてやる。実績というのは……」

レックスがさも偉《えら》そうに講義してきた。

そういうことを聞きたかったんじゃないのに……と、セレスティアは自分の言葉を後悔した。

「……という意味だ。わかったか？」

「はい……お話はわかりました。それで、わたくしが聖女の実績を積むと何かいいことがあるのでしょうか？」

「そんなの聞くまでもないだろう。聖女としての名が上がれば、俺たちの関係に反対する人は誰もいなくなるじゃないか」

「関係とは……？　わたくしは聖女で、レックス様は王太子様です。それ以外に何の関係があるのでしょう？」

「だからそれは……！」

「……？」

「……いや、まあ今はいいんだ。とにかく、お前は実績を積むことを優先してくれ。何かというとすぐに『引退したい』とか言うが、今辞めてもらっては困る。レスター王国の穢れはお前にしか祓えないんだからな。これからもしっかり自覚を持って、働いてもらうぞ」

「…………」

「わかったか？　ボーッとしていないで返事をしろ、セレス」

「は、はい……かしこまりました」

反射的に返事をしてしまったものの、どんどん「引退」が遠ざかっていくようでげっそりしてしまった。

(レックス様はきっと、わたくしのことがお嫌いなんですね……)

だからこんな風に休みを与えてくれず、五年以上無休で働かせても飽き足らず、もっと実績を積めと言って引退を許してくれないのだ。きっとセレスティアが過労で倒れても、ほとんど気にしないに違いない。それどころか、「早く起きろ」と倒れた身体に鞭打ってきそうだ。

内心めまいを覚えていると、レックスはもう一度こちらに釘を差してきた。

「それじゃあ、明日も頼むぞ」

「……はい」

レックスを見送り、セレスティアは教会に戻って自分の部屋に入った。

そして今度こそドサッとベッドに倒れ込んだ。

(レックス様がわたくしと結婚したがっているなんて、絶対に嘘ですわ……)

だってわたくし、こんなに嫌われているんですもの。いつも意地悪で心無いことばかり言われてしまいますし。

引退もダメ、休日もダメ。こちらの言うことはほとんど聞いてくれず、自己満足の差し入れやプレゼントを渡してくるだけ。

毎日教会を訪ねてくるのも、セレスティアが仕事をサボっていないか見張るために違いない。先程の祠の件といい、レックスは徹頭徹尾《てっとうてつび》こちらを管理する気のようだ。管理できれば方法は何でもよく、怒鳴ったり脅したり殴ったり鞭打ったり……等々、そういう暴力的な手段も辞さないつもりなのだろう。本当に野蛮すぎて嫌になる。

せめて一緒に仕事をしてくれる仲間がいれば、交代でお休みできるのに……。

（ですが、人員補充ですらもレックス様に却下《きゃっか》されてしまいましたし……）

いつぞや、「もう少し人員を増やして欲しい」とやんわりレックスにお願いしたことがある。だが彼は一切検討することなく、薄笑いを浮かべてこんなことを言ってきた。

「悪いが、それは予算の都合で無理なんだ。聖女に関する出費は国の税金で賄《まかな》われているから、これ以上予算は割けないんだよ。頭の悪いお前には理解できないだろうけどな」

「……そうなのですか？　その割には、わたくしにお菓子やドレスを差し入れてくださいますが……」

「うるさい。そんなところにツッコむな。これ以上余計なことを言ったら、鞭で叩くぞ」

「も、申し訳ありません……」

「そもそも、人員を捜すのだってかなりの手間になるんだ。お前だって、聖女・聖導師を任命するのは王族の仕事だってわかってるだろう？　ただでさえ忙しいのに、俺にそんな雑用をさせようっていうのか？　俺に負担を強《し》いるとか、随分な御身分だな？」

「……申し訳ありません」

　そこは遊んでいる時間を少し削ればいいのでは……と言いたかったが、これ以上言ったら絶対に逆ギレされるので言えなかった。

「とにかく、人手を増やすのは不可能だ。代わりの人間もいないし、とりあえず今のまま頑張ってくれ。俺が選んだ聖女ならできるはずだ」

「……できる限り頑張りますけど、わたくしにもたまには休日が……」

「甘えたことを言うな。聖女に休日なんてあるわけないだろう。王太子の俺にだってないんだぞ。だいたい、お前が休んでいる間に国の穢れが広がったらどうするんだ」

「それは……」

「いい加減、レスター王国唯一の聖女としての自覚を持ってくれ。お前には期待しているんだ。俺を失望させるなよ」

「……。……承知しました」

　セレスティアは短く返事をした。そう言うしかなかった。

（本当にレックス様は……）

　国の予算だの、忙しいだのと言われたが、聖女一人増やすのにそこまで手間がかかるものだろうか。魔力のある人の中から、適性がある人を選べばいいだけのことである。レックスの名でおふれを出せば、応募者などいくらでも集まるだろう。

仮に本当に聖女に関する予算が足りないとしても、そこを何とかするのがレックスの仕事であるはずだ。

国の決まりや予算を一から見直し、検討し直すことができるのが王族の特権ではないのか。今の予算では無理だというのなら、他の部分を削ったり余剰分を回したりして、どうにかやりくりするものではないのか。

（……いえ、レックス様がそんな仕事するはずありませんわね）

自分は毎日遊び惚《ほう》けているのに、セレスティアには休みなしで働けと言ってくる。少しでも「休みたい」、「引退したい」と漏らせば「怠慢《たいまん》だ！」などと怒鳴り、鞭で脅してくる。

そんなことをされたら、ますます働く意欲が失せてしまうのに……。

（もう、いっそのこと勝手にここを出て行ってしまいましょうか……）

レックスの手が届かない遠いところへ。

どうせ出て行くなら、市街地が整備されていて自然も溢れている土地がいい。

そこを自由に散歩して、魚釣りをしたり、動物たちと戯《たわむ》れたり。街歩きをして洋服や化粧品を買い込み、カフェで読書するのも楽しそうだ。

そんなゆったりした生活が、今はひたすら恋しい……。

頭の中で幸せなスローライフを描きつつ、セレスティアは気絶するように眠り込んだ。

夢すら見なかった。

疲れが溜まりすぎて爆睡《ばくすい》してしまい、危《あや》うく翌日の出張に遅刻するところだった。

◆　◆　◆

それから三日が経過した。

その日もセレスティアは遠くの村まで出張し、夕方になってようやく帰ってきたところだった。今日は合計四ヶ所もの村を行き来したので、魔力も体力も限界だ。

（や、やっと休めますわ……）

馬車から降り、よろよろと教会前の階段を上がる。

扉の前に茶髪の女性が立っていたが、教会にお祈りしに来た人かと思い、そのまま素通りしてしまった。

「ちょっと、無視しないでよ」

「……？」

鋭い口調で呼び止められ、セレスティアは足を止めた。

紫色の瞳を持つ女性だった。

年頃はセレスティアとほぼ同じくらいで、ドレスの上からもスタイルのよさが滲み出ている。

化粧っけはなく、これといったアクセサリーも身につけておらず、ドレス自体もくすんだえんじ色のシンプルなものだった。

そのせいか、顔は綺麗なのに地味な印象を受けてしまった。

（あらまぁ……なんだかもったいないですわね）

これではいい素材が台無しではないか。

彼女はもっと明るいパステルカラーのドレスの方が似合うし、髪ももう少し短くしてボブくらいにした方が可愛いと思う。ついでに軽くウェーブもかけちゃおうか。

機会があれば、一緒に仕立屋やサロンに行って全身をコーディネートしてあげたい。年齢も近そうだし、お出掛けしたら結構仲良くなれる気がする。

そんな妄想を繰り広げながら、セレスティアは穏やかに挨拶した。

「ごきげんよう。失礼ですが、どちら様ですか？」

「ふん……呑気《のんき》に挨拶なんかしちゃって。レックスに寵愛されている聖女様は、さすがに余裕綽々《しゃくしゃく》ね」

「はい……？」

開口一番刺々《とげとげ》しいことを言われ、少し驚いた。

（レックス様に寵愛されているって……やはり、周りの方にはそう見えているのでしょうか……）

思えば修道女たちも、周知の事実のように噂していた。

実際は全くそんなことないのだが、傍目《はため》には、足しげく通っているのだから、相当お気に入りの女性に違いない」

「王太子様が婚約者でもない女性の元に足しげく通っているのだから、相当お気に入りの女性に違いない」

……とでも思われているのかもしれない。

この女性も、その誤解を抱えたままこちらに接触してきたのだろう。困ったものだ。

「あの、あなたは……」

どちら様ですか、と言外に尋ねたら、彼女は短くこう答えた。

「エブリン・バートンよ。一応レックスの婚約者」

「あら……エブリン様でしたか。初めまして、セレスティア・イシュタールと申します」

「知ってるわよ。今日はあんたに会いに来たんだから」

「まあ、そうなのですか？　それは光栄ですわ」

「……光栄って何よ？　あんた、随分いい性格してるのね」

「ありがとうございます。エブリン様にそう言っていただけるなんて、何だか嬉しくなってしまいますわね」

そう答えたら、エブリンは何故か鼻白んだ顔になった。少々戸惑っているようにも見えた。

……もしかして、受け答えを間違えただろうか。

「騙《だま》されちゃダメよ、エブリン……。これも聖女様の罠なんだから」

「はい……？」

「とにかく！　私はあんたに話があって来たの！　適当なこと言って煙に巻くんじゃないわよ！」

「は、はい……申し訳ありません……」

怒鳴られたので反射的に謝ってしまう。

どうやらエブリンは、こちらに敵意剥き出しのようだった。

（困りましたわね……。一体どう説明すればいいのでしょうか……）

まず、自分はレックスに寵愛などされていない。そこは声を大にして主張したい。

現にレックスには嫌味を言われてばかりだし、理不尽に怒鳴られるのも日常茶飯事だ。

休日も与えてくれないし人員も補充してくれないし、寵愛とは程遠い状態である。

だから、エブリンが心配するようなことは何もない。こちらを敵視する必要もない。

とはいえ、レックスが頻繁に教会に通っていること自体は事実だし、その度に差し入れやプレゼントを贈ってくるのも本当である。誤解される材料はいくらでもある。

どこからお話しよう……と悩んでいると、エブリンがやれやれ……と腕組みをした。

「まあ、あいつが贔屓《ひいき》にするのもわかるわよ。あんた、すごく可愛いもの。如何にもおっとりしててちょっと抜けていそうなところとか、もろにレックスの好みよね。私とまるっきり正反対だし、レックスにとっては都合のいい女なんでしょう」

「そんな、正反対だなんて……エブリン様もとっても美人ですよ。わたくし最近、髪やお肌のお手入れができていませんから、今度一緒に美容室にでも行きませんか？」

そう返したら、エブリンはまたもや鼻白んだような顔になった。

だがすぐさま不快そうに眉を顰め、攻撃的な口調で返答してくる。

「……いい度胸ね、あんた。この期に及んで嫌味を言う余裕があるなんて」

「え？　わたくし、嫌味なんて……」

「すっとぼけないで！　あんたの腹の中は真っ黒だってわかってるんだから！　あんたなんかに王妃の座は絶対渡さないわ！」

「……はい？　あの、わたくし王妃になるつもりはありませんけど……」

「またそうやってすっとぼける！　あんたの考えなんて全部お見通しなのよ！　レックスを誘惑して私との婚約を破棄させて、代わりに自分が結婚しようとしてるんでしょ！」

「ええ？　そんな、滅相《めっそう》もありません……！　わたくし、レックス様を誘惑などしておりませんし、結婚したいとも思っておりません。本当です！」

そう訴えたのに、エブリンの怒りは治まらなかった。

「信用できるわけないでしょ、そんなの！　あんた、私がいつレックスの婚約者に選ばれたか知ってる？　七歳の時よ！　その時からずっと、『未来の王妃』としての教育を受けてきたの。期待に応えるために必死に努力もしたわ。それこそ起きてから寝るまでずーっと、何年も！」

「そ、それはすごいですわね……」

「それなのに、急に現れたあんたに全部奪われるなんて冗談じゃない！　私の努力が全部水の泡になっちゃうじゃないの！　だいたいレックスもレックスよ！　いくら私のことが気に食わないからって、こんな女に乗り換えようとするとか非常識極《きわ》まりないわ！　政略結婚を何だと思ってんのよ、あのクズ男！」

「エブリン様、落ち着いてくださいませ……」

彼女がヒートアップしてきたので、セレスティアは宥《なだ》めるように声をかけた。

「ここでの立ち話も何ですから、一度中に入りましょう？　レックス様が差し入れてくださったお茶やお菓子もありますし、それでゆっくりお話をして……」

「はあッ!?　あんたやっぱり、レックスからいろいろもらってるんじゃないの！　私は一度だってそんな差し入れもらったことないのに！　ふざけるのもいい加減にして！」

「い、いえ、そのようなことは……」

「もういい！　あんたと対面するまではどうしようか迷ってたけど、あんたの態度を見て吹っ切れた！　やっぱりあんたはこのまま放置しておけないわ！」

「落ち着いてくださいませ、エブリン様……！　わたくしの言動が気に障ったのなら謝りますから……」

「今更謝ったって遅いのよ！　私を敵に回したこと、後悔するといいわ！」

「えっ……？」

「その身体、よこしなさい！」

唐突に、鬼のような形相でエブリンが迫ってきた。

セレスティアは咄嗟に動くことができず、階段上から勢いよく突き落とされてしまった。

「きゃああっ！」

すぐにべしゃ、と地面に叩きつけられ、仰向《あおむ》けのまま虚空《こくう》を見上げる。

起き上がりたかったのに全身が鉛《なまり》のように重く、金縛りに遭ったみたいに動けなくなった。視界もだんだん霞《かす》んでくる。

（これ、は……？　まさか何かの魔法を……？）

一瞬そう思ったが、すぐに何も考えられなくなった。

セレスティアはそのまま意識を失った。

◆
◆
◆

「う……」

次に目覚めた時、セレスティアはどこかのベッドに寝かされていた。

天井は見慣れた教会の自室ではなく、古ぼけた煉瓦《れんが》でできている。それに何だか薄ら寒い。

ここは一体どこだろう……？

「ふん、やっと目覚めたか」

起き上がってすぐ、鉄格子越しに鋭い声を投げかけられた。

顔を上げたら、何故かレックスがものすごい目つきでこちらを睨んでいた。

「まあ、レックス様……」

心配して見舞いに来てくれたのか。珍しいこともあるものだ。

それにしても、何か怒っているように見えるが一体どうしたのだろう。

とりあえず状況を整理しようと、セレスティアはレックスに聞いてみた。

「レックス様、ご心配をおかけして申し訳ありません。ところでわたくしは……」

「黙れ、白々《しらじら》しい悪女め！　よくも俺のセレスを突き落としてくれたな！」

「……はい？」

頭ごなしに怒鳴られ、思わずきょとんとしてしまう。

今までレックスにはいろいろと怒られてきたが、対面して三秒で怒鳴られたことはなかったのでさすがに驚いた。彼が何に怒っているのか、意味がわからなかった。

そんなセレスティアに、レックスは更に怒鳴ってくる。

「俺の婚約者でありながら、レスター王国唯一の聖女を害するなど万死《ばんし》に値《あたい》する凶行《きょうこう》だ！　極刑は免《まぬが》れないと思えよ、エブリン・バートン！」

「？　エブリン・バートン……？」

何を言っているのかしら、この人は。わたくしはセレスティア・イシュタールであり、エブリン・バートンではないのですけれど。

「……！」

ハッとして自分の姿を見下ろしてみる。いつもの白いフードローブとは全然違う格好が目に入った。

くすんだえんじ色のドレスに、長い茶色の髪。よく見たら手や爪の形も違うし、胸の膨らみ具合も違っていた。

これは……これは、まさか……。

（わたくし、もしかしてエブリン様になってしまっている……!?）

そういえば、エブリンに階段から突き落とされる時、「その身体、よこしなさい！」と言われた。

つまりエブリンは特殊な魔法を使い、セレスティアと自分の身体を交換したということか。今の自分は、中身はセレスティアなのに身体はエブリンという、ちぐはぐな状態なのだ。レックスがこちらを「エブリン・バートン」と思い込んでいるのがその証拠である。

道理で話が嚙み合わないと思った……。

「レックス様、話を聞いてくださいませ。わたくしは……」

セレスティアなんです、と言おうとしたのだが、何故か声が出なかった。

まるで声帯がなくなってしまったかのように空気だけが口から吐き出され、「セレスティアなんです」という言葉が出てこない。

（これは……肝心なことが喋れなくなっている……？）

これも魔法の副作用なのだろうか。こんな効果も残していくなんて、エブリンはかなりの魔法の使い手であるようだ。単純にすごい。

密《ひそ》かに感心していると、レックスはこちらを見下し、あからさまに嘲笑《ちょうしょう》してきた。

「ふん、それにしても無様《ぶざま》だよな。偉そうに振る舞っていた女が、こんな薄汚い牢屋に閉じ込められているとは」

「はあ」

「だいたいお前は昔から生意気で可愛げがなかったんだ。女のくせに口は達者だし、無駄に教養を身に付けて魔法の心得《こころえ》もある。そんな女と結婚したら、俺の立場がなくなるだろ。女はセレスみたいに、馬鹿で扱いやすいヤツがいいんだ。ちょっと脅せば、何でも素直に言うことを聞くしな」

「んまぁ」

ストレートに「馬鹿」と言われ、違う意味で呆気《あっけ》にとられた。そこがいいと言われても、全く褒められている気がしない。さすがに失礼だと思う。

だがレックスはこちらの心情などおかまいなしに、更に罵《のの》ってきた。

「それに引き換えお前ときたら……いちいち俺に反抗してくるし、口答えばかりしてきて昔から忌々《いまいま》しかったんだよ！　こんな女との結婚なんて絶対にしてやるものか、必ず婚約破棄してもっと可愛い女に乗り換えてやる。ずっとそう思っていたんだ」

「はあ」

「だから今回、お前がこんな事件を起こしてくれたのはある意味好都合だったよ。ようやく婚約破棄の口実ができたわけだからな。これでやっとセレスに求婚できる。王妃になりたがっていたお前にとっては、さぞ屈辱的だろうがな。ふん、ざまぁみろ」

「………」

「数日後に刑を言い渡す。それまではこの牢獄で震えて過ごすんだな。お前みたいな悪女には、暗くて小汚い場所がお似合いだ」

勝手なことを言いたい放題に言って、レックスは勝ち誇ったように去っていった。

あまりにひどい態度に呆れながらも、セレスティアはやれやれ……と頬に手を当てた。

（レックス様ったら、エブリン様をそのように思っていらっしゃったのですね……。確かにあまり仲はよくないという噂は聞いておりましたが……）

しかし、いくらエブリンのことを疎《うと》ましく思っていたとしても、もう少し言い方というものがあるだろう。

開口一番「この悪女め！」と罵ってきたり、取り付く島もなく「ざまぁみろ」と蔑んできたり、とてもじゃないが紳士的な対応とは思えない。

いや……元々顔以外は野蛮だなと思っていたけれど、誰に対してもああいう態度をとっていたのには普通に驚いた。あれでは周りの人も苦労が絶えないのではないか。

だからこそエブリンが一生懸命努力して、レックスの欠点を埋めようとしていたのかもしれないけど……。

（それにしても、エブリン様は今どうしていらっしゃるのかしら？　わたくしの身体はエブリン様が使ってらっしゃるんですよね？）

エブリンに会って話をしてみたいが、この状況ではさすがに面会はできない。

お互いの身体を交換した理由やエブリンの目的、セレスティアになりすますことのメリットをちゃんと知っておきたかった。

（というかわたくし、これからどうなるんでしょう……）

レックスは数日後に刑を言い渡すと宣言していた。

つまり自分は、セレスティアにも関わらず「聖女セレスティアを害した罪人」として裁《さば》かれることになるわけだ。突き落とされたのはこちらなのに、「エブリン・バートン」として罰を与えられるということだ。それもなかなか理不尽な話である。

（うーん……でもエブリン様って、レックス様の婚約者になれるくらい由緒正しいご令嬢なんですよね？　それならそこまで悪いようにはならない気もしますけど……）

レックスは「極刑」などと言っていたが、基本的に貴族社会というのは権力者に甘くできている。

ちょっとした事件なら見て見ぬフリをするのが普通だし、貴族が平民を虐《しいた》げていたとしても、余程のことがない限りはなかったことにされるのが一般的だ。

今回エブリンがやらかしたのは「セレスティアを階段から突き落とす」という行為だけだし、元々エブリンの身分が高いから、それ自体はたいした罪にならないような気がする。

誤って殺してしまったならともかく、セレスティアは今も生きているし大きな怪我もしていない。せいぜい王宮を追い出されて、しばらく実家で蟄居させられる程度ではなかろうか。

婚約に関してはどうなるかわからないが、これもそこまで悪い方向には転がらないだろうと踏んでいる。

（まあ、ジタバタしていても仕方ありませんわ。わたくしは何もやましいことはしていませんもの。堂々としていましょう）

エブリンになったセレスティアは、茶髪の毛先を眺めた。ところどころに枝毛ができていた。

3

それから三日後、セレスティアは「エブリン・バートン」としてレックスから婚約破棄、王宮追放を言い渡された。大広間にたくさんの貴族が集められていたが、いろんな反応が飛び交っていたのを覚えている。

「聖女様を殺そうとした悪女め！　さっさと出て行け！」

「二度とセレスティア様に近づくな！」

門番からも罵られ、追い立てられるように正門から放り出されてしまう。

口汚く罵られたのにも驚いたが、門番の一部から石を投げられそうになったのも、かなりびっくりした。由緒正しい令嬢に石を投げようとする男性なんて、この世に存在したのか。

「気にしなくていいですよ、あんなの。門番なんて所詮、こっちの事情を全くわかってない平民です。あの人たちも、聖女様のわかりやすい清らかさに騙されているだけです」

一緒についてきた侍女がフォローしてくれる。確か名前はロザリーだったか（今更聞けないので、彼女の持ち物でこっそり確認した）。

サラッと聖女を下げる発言はあったものの、門番たちの態度を目の当たりにしたら、さもありなんと思った。

（確かに、わたくしが「セレスティア」でいた時とはまるで態度が違いますものね）

セレスティアが聖女として門から出掛ける時は、門番たちが温かく見送ってくれたものだった。帰ってくる時も率先《そっせん》して門を開けてくれて「お疲れ様です！」などと労ってくれた。

それなのに、見た目が変わっただけでここまで態度が変わってしまうなんて……。

（……人は、こんなにも簡単に掌を返せるものなのですね）

そう考えると何だか虚しい。「お前の中身なんてどうでもいい」と言われているみたいで、自分の存在そのものが否定されているような気分になる。

「しっかしお嬢様、随分派手にやらかしてくれましたね。レックス様との口論は日常茶飯事ですけど、王宮から追放はさすがにタダ事じゃないです」

ロザリーが、トランクを抱えながら眉間にシワを寄せる。

「忌々しいのはわかりますけど、聖女様を突き落とすのはさすがにやりすぎですって。あの人はレックス様に寵愛されてんですから、手を出したらタダじゃ済まないのは明白でしょ。それで婚約破棄されてたら本末転倒じゃないですか。これまでの努力も全部無駄になっちゃうし……どうすんですか、もう」

「どうって……」

「そりゃ、何をしようがお嬢様の自由ですが、せめて一言くらい相談してからにして欲しかったです。いつもいつも事後報告ばかりで、こっちは振り回されてばかりなんですから。アタシの迷惑も考えてくださいよ」

「は、はい……」

一気にまくし立ててくるロザリーに、やや気圧されてしまう。

だが話を聞く限り、ロザリーがこの状況を歯痒く思っているのは間違いなかった。

ロザリーはエブリンが今まで努力してきたことも知っているし、彼女の立場も気持ちも十分に理解していたはず。口調はややぶっきらぼうだが、自分なりに女主人を応援してきたのだろう。

だからこそ、今回の事件でエブリンの未来が閉ざされてしまったことを嘆いているのだ。

少しでも相談してくれれば……と、悔しく思っているのだ。

(大きな誤解をされる前にしっかり話し合えれば、こんな事件は起きなかったかもしれませんのに……)

自分は全然そんなつもりがなくても、勝手に誤解されることはある。そのせいで回り回ってエブリンの恨みや顰蹙《ひんしゅく》を買ってしまった。

こんなことになるのなら、もっと早いうちから自分の意向を宣言しておくべきだった。レックスと結婚する気はないし、エブリンを追い落とすつもりもないし、聖女も今年限りで引退する……等々。

セレスティアは視線を落とし、深々と頭を下げた。

「申し訳ありませんでした。いろいろとご迷惑をおかけしてしまいましたわ」

「……はっ？」

「これからは、ロザリーの意見も尊重するようにしますね」

そう言ったら、何故かロザリーは目を丸くしてこちらを見た。

そして呆気にとられた口調でこう呟く。

「お嬢様が、謝った……」

「はい……？」

「ああいえ、滅多にないことなんで驚いただけです。お嬢様、昔から余程のことがなければ頭下げないじゃないですか」

「そ、そうですか……？」

「そうですよ。てか、アタシに頭下げるとか調子狂うんでやめてもらえます？　そんなのお嬢様らしくないですし、強気で偉そうにしてくれた方がしっくりきます。だいたい、何ですかその口調？　それこそ、らしくないのでやめてください」

ロザリーの話から察するに、エブリンは元々強気で誰に対しても媚《こ》びない性格のようだった。

逆に言えば、ほとんど猫を被らない裏表のない人物とも言える。

(「偉そう」なんて言われていますが、あることないことも吹聴したり相手によって態度を変えたりするよりずっといいですわ)

だってエブリンは、堂々とこちらに会いに来てくれた。思うところはあっただろうが、裏でこそこそ手を回すのではなく、正面からぶつかってきてくれた。いきなり卑怯な手段はとらなかった。

そういう意味でも、エブリンと一度じっくり話をしたかったと思う。腹を割って話し合えれば、理解できるところも多かっただろうに。

(それより、ロザリーはわたくしとエブリン様が入れ替わったことをご存じないんですよね?　その場合、どうするのが正解なのでしょうか……)

セレスティアは顎に手を当てて考えた。

こちらは、入れ替わりのことを隠すつもりはない。

しかし本当のことを話すとして、一体どうやって説明すればいいんだろう。

自分で「セレスティアです」と名乗るのは封じられていてできないし、証拠となるものも出せない。本物のエブリンと会えれば一番いいが、それは現時点では不可能である。

それに、セレスティアだと認識してもらったところで、これからの生活が変わるかと言えば……。

「………」

あれこれ考えた挙句、結局セレスティアは「このまま黙っている」ことを選択した。

今の自分が「エブリン・バートン」にしか見えないのは事実だ。

それなら、このまま「エブリン」として生活した方が、変な波風は立たずに済む。

もちろん時にはボロが出るだろうけど、自分が何者であるかの証明に時間を費《つい》やすより、実家に戻ってのんびり暮らした方がずっといいのではないだろうか。

それに、考えようによってはこれはチャンスだ。

もう聖女として無茶な仕事をこなす必要はないし、レックスに脅されて束縛されることもない。どんなに頼んでも得られなかった休日が、今は自分の目の前にある。

ならば、この自由な状況を思う存分楽しまなくては。

エブリンが「セレスティア・イシュタール」としてやりたいことがあるというのなら、こちらも「エブリン・バートン」としての生活を満喫《まんきつ》させてもらおう。

「てか、本当にこれからどうするんです？　どこか行くあてはあるんですか？」

ロザリーが難しい顔で尋ねてくる。

「今更実家には帰れないですし、嫁ぎ先もなくなっちゃいましたし……。お嬢様は嫌でしょうけど、やっぱり旦那様に泣きついて何とかしていただくしかないんじゃないですか？」

「？　何故実家に帰れないんですか？」

「だって無理でしょ、あんなところ。もう何年も寄り付いてないのに」

「あら、そうでしたっけ？」

「そうですよ……。てか、今更出戻りしたら奥様連中に何を言われるか……」

ロザリーが一気にうんざりした顔になる。

彼女の口振りから察するに、「奥様連中」とやらはそれなりに口うるさい人物のようだ。

「連中」というから、御付《おっ》きの侍女なども含まれるのだろうか。

何にせよ、エブリンにとって実家はあまり居心地のいい場所ではないらしい。

セレスティアは、あえてにこりと微笑んだ。

「大丈夫、わたくしは気にしませんわ。悪いことなんて何もしてませんもの」

「はあぁ？」

「実家は実家、わたくしには帰る権利があります。わたくしだって、今までたくさん頑張ってきたんですから。少しくらい実家でのんびりしたって、バチは当たりませんわ」

「いや、そういうことではなく……」

「さ、行きましょう。久々の休暇、楽しみですわね」

「え、ちょっ……お嬢様ぁ!?」

セレスティアは、足取りも軽くバートン家の馬車に乗り込んだ。

バートン家は侯爵という高い身分にあるせいか、馬車もそれなりに大きかった。少なくとも、セレスティアがいつも出張に使っている質素な馬車とは全然違う。快適だ。

（バートン家の土地って、王宮から比較的近くて自然も豊かなんですよね）

出張の際何度か通過したことがあるのだが、緑豊かな森や清らかな川、華やかな野原を見かける度に「素敵だな」とうっとりしたものだ。

でも自然しかない田舎というわけではなく、街もしっかり整備されていて活気があったのを覚えている。

おまけに、バートン家の土地だけは今まで一度も浄化依頼を出されたことがなかった。

誰かが瘴気の発生を抑えてくれているらしく、土地の質がとてもよかったのだ。

そんなところでしばらくのんびりできるのだから、これほど幸せなことはないだろう。

散歩や魚釣り、爽やかな風に吹かれながら外で読書するのもよさそうだ。

街の方にはいろんなお店もあるし、ドレスや化粧品を見繕ったり、美容室で髪型を変えたりするのも楽しいと思う。

愉快な妄想をあれこれ繰り広げつつ、セレスティアは馬車に揺られ続けた。

「そういえばお嬢様、旦那様から手紙を預かってるんですけど」

と、ロザリーが一通の封筒を差し出してくる。

表側にはシンプルに、「エブリンへ」と書かれていた。

「あら……」

受け取り、念のため中身を確認してみる。

（ええと……？）

そこにはざっくり、こんなことが書かれていた。


『エブリン、今回のことは私も正直驚いた。お前がそこまで思い詰めていたことに気付けないとは、父親失格だな。だが、いくらレックス様が婚約破棄を口にしたところで、正式な契約書がある限りお前は婚約者のままだ。ほとぼりが冷めたら王宮に呼び戻してやるから、それまで実家でおとなしくしていなさい。

……くれぐれも、他の家族と喧嘩しすぎないようにな。

ピオニー・バートン』

驚きの内容に、セレスティアは「まあ……」と感嘆の息を吐いた。

（契約書……ですか。確かに、王侯貴族の政略結婚って複雑な事情が絡んでいますからね）

政略結婚とは、高度な政治的手段のひとつである。

権力を持つ家と家との結びつきになるため、両家で厳格な取り決めをして、その旨《むね》をしっかり契約書に記し、両者がそこに直筆のサインを入れなければならない。そこまでして初めて、正式な婚姻と認められるのだ。

逆に言えば、それだけ厳格な手順を踏んで取り決めたからには、そう易々と破棄することはできない。本気で破棄するつもりなら口頭で伝えるのではなく、婚姻を結んだ時と同じような手順を踏まなければならないのだ。

であるならば、レックスが大勢の前でエブリンに「婚約破棄だ！」と宣言したことは、実は何の意味もないことだとわかる。そんな言葉では婚姻関係は揺るがない。

それくらい、政略結婚は強固で、利権にまみれていて、面倒臭いのである。

きっとエブリンは（あの場ではセレスティアの姿だったけど）、全てを承知した上でレックスの振る舞いを傍観していたに違いない。

聖女を突き落としたくらいでは、自分の地位は揺るがない。そんなことでは婚約破棄はできないし、極刑に処されることもない。

だからこそ、身体を入れ替えるという大胆な手段をとれたわけだ。最初から全部計算ずくだったということか。

セレスティアは小さく苦笑し、ロザリーに言った。

「ロザリー、安心してください。エブ……いえ、わたくしは今でもレックス様の婚約者です。婚約破棄もされていませんし、ほとぼりが冷めたらまた王宮に戻れますわ」

「え、そうなんですか？　でもレックス様は、高々と婚約破棄宣言してましたが」

「そうですね。でもアレ、よくよく考えたら全く意味がないんです。婚約破棄ってそんな簡単にできるものではありませんから。政略結婚はあくまで『政治』ですので、非常に複雑な事情が絡んでいるんです。一個人の感情に振り回されるものであってはならないのですよ」

「ああ、言われてみれば確かに……」

納得したようにロザリーが頷いたので、セレスティアも柔らかく微笑んだ。

そうしてしばらく馬車に揺られていたのだが、思考が整理されていくにつれて今度は違う疑問が浮上してきた。

（しかし、そこまでご自分の立場が強固だとわかっていらっしゃったなら、わたくしと身体を入れ替える必要もない気がしますけど……？）

レックスが他の女にうつつを抜かそうが「婚約破棄だ！」と騒ぎ立てようが、黙って待っていればいずれ必ず王太子妃の座は回ってくる。レックスとの婚約が決まった時点で、それは約束された未来なのだ。セレスティアに接近する必要はない。

なのに何故、わざわざこんな手の込んだことをしたのだろう……。

（やっぱり、エブリン様のお考えはよくわかりませんわ）

だからこそ、ちゃんとお話ししたかった。じっくり話し合えばいい友達になれたかもしれないのに、本当に残念である。

少し悔やんでいると、ロザリーは呆れたように言い放った。

「じゃあ、またあのクズ野郎のやらかしですか。馬鹿もここまでくると、笑い話にもなりませんね。頭が足りないなら大人しくしていればいいのに。そんなんだから周りから嫌われるんですよ」

「あら……レックス様って嫌われているのですか？」

「少なくとも、侍女からの評判は最悪ですね。ちょっとでも気に入らないことがあると、すぐに鞭を振りかざしてくるし。アイツに怪我させられて引退に追い込まれた侍女も何人かいますよ。あんな野蛮な暴力王子、好きになる方がおかしいです」

「んまあ」

「お嬢様だって、レックス様のこと嫌いでしょ。教養はないし性格もクズだし、あんなのが国王になったらレスター王国は終わりです。だからこそ、お嬢様が頑張ってるんでしょうけど、それだって限度ってものがありますよ」

「え、ええ……まあ、そうですね……」

エブリンが「未来の王妃」として努力を重ねてきたのは、やはり伴侶となるレックスが頼りなかったからなのか。自分がどうにかしなきゃという責任感があったから、強気にならざるを得なかっただけだったのか。

おしゃれやファッションを気にかけている時間がないくらい、仕事や勉強に忙殺《ぼうさつ》されていたから、せっかくの魅力が埋もれたままになっていたのか。

それはそれで気の毒な話だ。

（エブリン様、相当苦労なさってきたみたいですね……）

手紙を折り畳み、封筒にしまう。

これからしばらく「エブリン・バートン」として生活するなら、彼女のことをもっと知らなくてはならない。

とりあえずバートン家の屋敷に着いたら、彼女がどんな人生を送ってきたかそれとなく探ってみることにしよう。

セレスティア自身もエブリンのことには興味があるし、彼女の考えを理解するためにも必要なことだと思う。

「……もう一度聞きますけどお嬢様、本当に本気で、実家に帰るつもりなんですか？」

「え？　はい、帰りますけど……それが何か？」

「はあ……いや、お嬢様が『帰る』って言うならアタシは止められませんけども。奥様連中の嫌がらせに巻き込まれるのは御免《ごめん》ですよ、アタシは」

「嫌がらせ……？」

何のことかわからなかったが、バートン侯爵家の屋敷に戻ったら、意味がすぐにわかった。

「あらエブリン、とうとう帰ってきちゃったのねぇ？　レックス様に婚約破棄されて、王宮を追放されちゃったんですってぇ？」

エントランスに入った途端、母親と思しき女性が少女と一緒にやってきた。

その母親は派手なドレスに派手な化粧を施し、孔雀《くじゃく》の羽根でできた扇をひけらかしながらこちらを見下ろしている。何だかとても嫌味な目だ。

側にいる少女も同様に、ゴテゴテと煌《きら》びやかに着飾っている。

二人ともエブリンとは似ても似つかない容姿で、ファッションセンスも全く違った。少なくともエブリンは、こんな派手な格好はしないのではなかろうか。

（はて、この方たちがエブリン様の家族なのでしょうか……？）

血が繋がっているとは思えないから、後妻と連れ子かもしれない。実母と実妹よりもそちらの方がしっくりくる。

きっとエブリンの実母は早々に亡くなってしまって、バートン侯爵はこの女性と再婚したのだろう。貴族社会ではよくある話だ。

（でもこの様子だと、仲がいいとは言えなさそうですわね……）

だから「実家に帰る」と言った時に驚かれたのか。

手紙にあった「他の家族と喧嘩しすぎないように」との文言がようやく理解できた。

後妻と相性が悪い娘の話なんて珍しくもないから、そのこと自体は別に驚かないけれど……帰って早々嫌味ったらしい出迎えを受けることになるとは思わなかった。

「もー、お姉様ったら。どのツラ下げて帰って来たわけェ？　あんだけ息巻いて家を飛び出したのに、捨てられて出戻りとかダサすぎるんですけどォ？　恥ずかしすぎて領内を歩けないんじゃなァい？」

と、ツインテールの少女が侮蔑の目を向けてくる。
十六、七歳くらいで、エブリンよりやや年下に見えた。継母の連れ子なら、血の繋がらない妹になるのか。
「ま、お姉様がレックス様から愛想を尽かされているなんて、最初からわかりきっていたけどねェ？　こんな生意気で可愛げのない女、レックス様に愛されるはずがないものォ。だから成人してから五年も経つのに結婚式が開かれなかったんでしょォ？」

「そうよねぇ？　私たちには到底及ばないブサイクっぷりで、見てるだけで吐き気がするわ。あ～負け組の女ってホントに嫌よね～」

オホホホ……と、仲良く笑っている二人。

エブリン本人が聞いたら烈火のごとく怒りそう……と同情しつつ、セレスティアは冷静に彼女たちの言葉を受け取った。

（ブサイクだから結婚式が開かれなかったわけではないのですが……成人してから五年間も音沙汰《おとさた》なしだったのは、確かに普通じゃありませんわね）

五年前といえば、セレスティアがレックスに声をかけられた時期と重なる。

もしかしてレックスは、エブリンと結婚したくない一心で、わざと別の女性に目をつけたのではないだろうか。

エブリンと正反対の女性なら誰でもいい。おとなしく従順で、何でも自分の言うことを聞いて、ついでに清楚《せいそ》で可愛い女性なら誰でも。

そんな時、たまたまターゲットになったのがセレスティアだったのだろう。

とりあえずセレスティアは、聖女に任命して手元にキープしておく。そしてみっちり働かせている間に、どうにかしてエブリンとの婚約を破棄する。無事婚約破棄できた暁にはセレスティアに聖女を引退させ、改めて婚約をし直せばよい。

レックスの計画は、ざっくりとこんな感じだったのかもしれない。

牢に入れられている時も「お前と婚約破棄して、セレスに求婚する」などと言っていたが、あれは当てつけではなく本気だったようだ。

レックスはセレスティアが思っているよりずっと真剣に、婚約者を乗り換えるチャンスを狙っていたのか。ようやく理解できた。

（ということは、やっぱりわたくしはレックス様に愛されていたわけではないのですね……）

引退を許してくれなかったのも、休みを与えてくれなかったのも、時には脅してまで仕事を強要していたのも、全部セレスティアをキープしておくため。

引退して実家に帰られたら手元に置いておけなくなるし、休み中に勝手に逃げられでもしたら困る。

実績を積めと言ってきたのも、セレスティアに乗り換えるための口実が欲しかったからに他ならない。

「俺と結婚するのは、聖女セレスティアの方がふさわしい。何故なら彼女は、レスター王国を救うために何年も懸命に働いてきたからだ。俺に反抗的な侯爵令嬢エブリンより、ずっと役に立つではないか」

そんな主張をするためだけに、毎日ふらふらになるまで働かせていたのだ。全てはレックスの勝手な都合だったのだ。

（……何だか、虚《むな》しくなってきましたわ）

セレスティアはあくまで国のため――レスター王国唯一の聖女として、人々がより快適に生活できるよう尽力してきたつもりだ。

けれど実際は、最初から最後までレックスに利用されていただけだった。

今まで柔順に従い、ほとんど文句も言わずに頑張ってきたけれど、一体何のための努力だったのかと悲しくなってくる。

　こんなことなら、レックスの言うことなんか無視してさっさと引退してしまえばよかった。気を遣っていた自分が馬鹿みたいだ。

「ちょっとエブリン、聞いてるの？　婚約破棄されたショックで、頭がおかしくなっちゃった？」

　全く反応しないこちらを訝《いぶか》しがってか、継母が挑発的な言葉を投げてきた。

　セレスティアはハッと我に返り、慌てて笑みを作った。

「ああいえ、ちょっと考え事をしていただけですわ」

「あら、この期に及んで考え事なんて呑気ねぇ？　くだらないことを考えている暇があったら、少しでも男に媚びる方法を身に付けたら？」

「男に媚びる……ですか」

「そんなの無理よォ、ママ。お姉様、昔っから可愛げの欠片《かけら》もないんだものォ。いつも偉そうに男に反論しては嫌われて、ホントにバカみたーい。お姉様みたいにブスで生意気な女、友達としてもお断りよォ」

「あの……ちょっとよろしいですか？」

　さんざんな言われ様だったが、セレスティアにはそれとは別に疑問に思うことがあった。

「お二人は何故エブ……いえ、わたくしにそのようなことを仰るのですか？」

「は？」

「久しぶりに家族が帰ってきたのですから、まずは一言『おかえりなさい』と出迎えるべきではないでしょうか」

そう言ったら、二人は虚《きょ》を突かれたような顔になった。

だが、すぐに継母が小馬鹿にしたような薄笑いを浮かべてくる。

「ふん、今更家族ヅラしようったってそうはいかないわよ。あんたはうちを出て行った身なんだから。急に帰ってきたところであんたの居場所なんてないわ」

「出て行ったのではなく、レックス様の婚約者として王宮に移り住んだだけですけど……。何故そうまでしてエ……わたくしを除《の》け者扱いするんですか？」

「除け者も何も、あたし達とお姉様は血が繋がってないじゃない。他人扱いして当然よォ」

義妹が切り捨ててきたので、セレスティアは純粋に首をかしげた。

「ええと……その理屈だと、バートン侯爵家にとってはそちらが他人になってしまうのですが。お二人は、当主のお父様とは血が繋がっていませんよね？」

「なっ……」

「わたくしは実の娘ですけど、あなた達は後からバートン家に加わったわけですし」

だから血の繋がりなんて関係なく、家族みんなで仲良くしましょう……と続けたかったのだが、何故か二人は顔を真っ赤にして怒り出した。

「お黙りなさい！　またそうやって減らず口ばかり叩いて！　だからあんたは可愛げがないって言われるのよ！　男に捨てられたくせに、生意気言ってんじゃないわよ！」

「そうよ！　女の魅力皆無なお姉様に、今更屋敷に居座られるなんて御免だわ！　このお屋敷はとっくにあたし達の居城になってるの！　お姉様に好き勝手なんてさせないからね！」

「？　あの……わたくし、別にお屋敷を好き勝手するつもりなんてありませんけど……。それに『あたし達の居城』と仰いますが、このお屋敷はお父様のものでは……？」

「うるさいわね！　旦那様のものは私のもの！　旦那様がずっと留守にしている以上、このお屋敷の主は私になるのよ！　これは正妻である私の権利なんだから、誰にも文句は言わせないわ！」

　勝ち誇ったように、継母が宣言する。

「わかった？　あんたがどんな屁理屈《へりくつ》をこねようが、結局はいい男と結婚した方が勝ちなのよ！　身分の高い男に嫁げれば人生安泰、跡継ぎを作れればもっと安泰。そんなの女の常識でしょ！」

「そういうことォ～！　お姉様が何と言おうと、レックス様に捨てられた負け犬ってことは変わりないんだからねェ。減らず口を叩く暇があったら、少しでも男を喜ばせるテクでも磨いておけばァ？　ま、ブスなお姉様には一生かかっても無理でしょうけどォ」

義妹も一緒になってこちらを見下してくる。

セレスティアにはよくわからない価値観だったが、とにかくこの二人が「身分の高い男と結婚することこそ正義」と考えていることはわかった。

（はあ……これは確かに、エブリン様とはわかり合えないかもしれませんわね……）

考え方はもとより、最初からこんな風に敵意剥き出しでは、仲良くしようとしてもできない。こちらが帰宅して数秒で喧嘩を吹っ掛けてくるくらいだから、この二人は常日頃からエブリンを見下して馬鹿にしていたのだろう。

こんな環境では、エブリンも実家を飛び出したくなって当然だ。

エブリン様、本当に苦労が多い……と同情していると、

「さっきから黙って聞いていれば！　調子に乗るのもいい加減にしてくださいよ！」

我慢できなくなったのか、後ろに控えていたロザリーが二人に噛みつき始めた。

「アンタ達こそバートン家に巣食う寄生虫でしょ！　旦那様が不在なのをいいことに、やりたい放題やってくれちゃって！　男に媚びることしか能がないくせに、お嬢様にそんな口を利くなんて失礼にも程があります！　このお屋敷は旦那様とお嬢様のものです！　アンタ達こそ出ていくべきです！」

「ロザリー……」

セレスティアは目を見張った。

「奥様連中の嫌がらせに巻き込まれるのは御免」と言っていたのに、しっかり反論してくれている。ロザリー自身も、自分の主人が一方的に好き放題言われるのは我慢ならなかったようだ。何だか少し安心した。

「はぁ!?　侍女ごときが口を挟んでくるんじゃないわよ！　あんたこそ、身の程を知りなさいよ！」

義妹が激昂《げきこう》してロザリーに掴みかかろうとする。

「だいたい何なのあんた！　お姉様と一緒に家を出たくせに、今更帰ってこないでよ！あんたこそ出てってて！」

「アンタにとやかく言われる筋合いはありません！　お嬢様が実家に帰るというなら、アタシはそれに従って一緒に帰るだけです！」

「ああもうホントに生意気ッ！　ただの侍女のくせに偉そうな口を利くなんて！」

「またそれですか？　アンタ、何かというとすぐ『生意気』だとか『侍女のくせに』って言いますけど、ボキャブラリーなさすぎでしょう。お嬢様を見習って、もう少し教養を身に付けた方がいいんじゃないですか？」

「うるさい、うるさい！　そういうところが生意気でブスだって言ってるのよ！　負け犬呼ばわりされたくなければ、男を堕とす魅力くらい身に付けなさいよ！」

「アタシはともかく、お嬢様を負け犬呼ばわりはやめてください！　『結婚できたら勝ち組、捨てられたら負け組』みたいな、そんな低レベルな思考でお嬢様は生きてないんです！」

「まあまあ、少し落ち着きましょう」

今にも取っ組み合いの喧嘩になりそうだったので、セレスティアはパンパンと手を叩いた。争いの仲裁《ちゅうさい》は聖女の得意とするところだ。

「ロザリーも冷静になりましょう。きっとこのお二人は、わたくしに悪態《あくたい》をつく以外にやることがないんですよ」

「……はい？」

「だってそうでしょう？　他にやることがあるのなら、わたくしに構っている時間なんてないはずですもの。時間を持て余して、暇《ひま》で暇でしょうがないから、嫌いな人にも積極的に絡んでくるんだと思いますわ」

「な……」

そう言ったら、継母と義妹は絶句してこちらを見た。

セレスティアはあえて困り顔で頬に手を当てた。

「でもそれって、人生の無駄遣いだと思いますの。人生には限りがありますのに、自分の嫌いなものに時間を割くなんてもったいないでしょう？　そんなことするくらいなら、お散歩に読書、買い物やおしゃれ等々……もっと自分の好きなことに時間を使った方がずっといいと思いますわ」

「………」

「わたくしも教会……いえ、王宮にいた時は本当に忙しくて、身嗜《みだしな》みを整える時間もなかったんです。このように枝毛もたくさんできてしまいましたし、今すぐ美容室に行きたいくらいですわ。髪を綺麗に整えた後はお散歩がてらショッピングをして……ああ、カフェのテラス席でお茶をするのもいいですわね」

「は……」

「そういうわけですから、お二人もどうぞ、わたくしに構わず自分のために時間を使ってくださいませ。乗馬、読書、楽器の演奏……他にもやれることはたくさんあります。自分に合った楽しみを見つけると、人生も豊かに過ごせますよ」

「あ、あんた……！　私たちの人生が豊かじゃないって言うの!?」

「いえ、そのようなことは。ただ、先程からお二人とも怒りすぎて顔に皺《しわ》ができておりますので……。せっかく綺麗にお化粧していらっしゃるのに、怒りでお顔が醜《みにく》く崩れてしまっては台無しではありませんか」

「っ……！」

純粋な気持ちで言ったのだが、何故か継母と義妹はわなわなと震えて顔を赤くした。
どうしたんだろう……と様子を窺っていると、絞り出すように継母が言った。

「も……もういいわよ！　とにかく、屋敷で勝手な真似をしたら許さないからね！　新しい嫁ぎ先を見つけて、なるべく早く出て行きなさいよ！」

「そーよ、そーよ！　こっちだって、お姉様にこれ以上関わっていられないんだから！」

「はあ」

くるりと踵《きびす》を返し、大股で立ち去っていく継母と義妹。

どうにも理解できず、セレスティアは頭を捻った。

「うーん……何だか怒りっぽい人たちでしたわねぇ……。わたくし、お二人を怒らせるようなことは言っていないのですが」

「いや、言ってたでしょ思いっきり……。割とストレートに『怒っている人はブサイク』って煽ってましたよ」

「ええぇ？　わたくし、そんな言い方は……」

「それと、あの二人は教養がないから乗馬も読書も楽器の演奏もできません。お嬢様が列挙した楽しみは、全部由緒正しい貴族の嗜《たしな》みですからね。あの二人にとっては嫌味でしかないですよ」

「そ、そんな……。今からでも謝ってきた方がいいでしょうか」

「いや、謝らなくていいです。そんなことしたって、また煽りか嫌味だと思われるだけですし。もうあの二人のことは放っておきましょう」

ロザリーがスタスタと廊下を歩いて行く。仕方なく、セレスティアも彼女に続いた。

「ああ、部屋は手つかずのまま残っているみたいですね」

ロザリーがとある部屋に入っていく。

広々とした部屋に天蓋付きのベッド、休憩用のソファーとテーブルがあった。

内扉で繋がっている隣の部屋には執務用の机があり、壁沿いに本棚がズラリと並んでいる。

（なるほど、ここがエブリン様のお部屋なのですね……）

勉強部屋と寝室を交互に見てみたが、陽当たりがよくていい部屋だと思う。

インテリアも高級感があるし、家具もシンプルながら一級品。宝石等であからさまな装飾が施されているのではなく、素材で高級感を出しているものばかりだった。

こういうところからも、エブリンの趣味のよさが窺える。

「ちょ、何ですかコレ。この辺、埃《ほこり》が溜まってるんですけど。屋敷在中の侍女は何してんですかね？」

ロザリーがカーテンをシャッと開け、窓枠をチェックする。

「掃除が適当すぎますよ。お嬢様がいつ帰ってきてもいいように、お部屋はしっかり整えておくのが侍女の勤《つと》めでしょうが。職務怠慢もいいとこです」

「まあまあ。気になるようでしたら今から掃除すればいいんですよ。何ならわたくしが掃除しましょうか？　浄化の魔法を使えば、お掃除もすぐに済みますわ」

「え？　お嬢様、そんな魔法使えましたっけ？」

「あ、えっと……た、多分……？　そんなに難しい魔法でもありませんし……」

セレスティアは試しに両手を前に伸ばし、いつもと同じように魔力を放出した。

ぽう……と白い光が飛び出し、部屋の角からふわふわと汚れを浄化していく。

だが部屋の半分もいかないところで力を失い、線香花火のようにポトリと床に落ちてしまった。そしてパッと霧散《むさん》した。

「……あら」

「ほら、やっぱり。お嬢様には白魔法は向いてないんですよ」

「そ、そのようですわね……」

セレスティアは、光が落ちた絨毯を見つめた。

（エブリン様の身体では、魔力の波長が合わないのでしょうか。しばらく白魔法は自重した方がよさそうですわね……）

白魔法以外の簡単な術なら使えそうなので、そこまで問題にはならないと思う。

が、自分本来の力を発揮するには、やはり本物の身体に戻るしかないようだ。

もっとも、元の身体に戻れるのがいつになるか現時点では全くわからないが……。

「まあ、細かいことを気にしていても仕方ありませんわ。そんなことより、ちょっとお出掛けしませんか？　今日は街でお買い物して、できれば美容室にも行きたいんです」

「……え？　さっき奥様連中に言ってたこと、本気だったんですか？」

「ええ、もちろん。枝毛も気になりますし、この際ですから思い切って髪型も変えてみたくて。何か問題でもありましたか？」

「や、問題はないですけど……お嬢様が枝毛を気にするなんて、初めてなんじゃないですか？」

以前は「髪なんてどうでもいいの」って言ってたのに……とぼやくロザリー。

なるほど、やはりエブリンは自己研鑽に励むあまり、自分の見た目は二の次になっていたみたいだ。

（それならなおのこと、わたくしがエブリン様をコーディネートして差し上げなくては）

せっかくのいい素材を、このまま腐らせるのは惜しい。

まずはお出掛け用の衣装に着替えようと、ウォークインクローゼットを拝見してみた。

だが黒や白、そうでなくてもくすんだ色のドレスばかりで、エブリンに似合いそうなパステルカラーのドレスは全くなかった。誰が衣装を集めたのかは知らないが、仮に衣装係がこれを揃えたのだとしたら少しセンスを疑ってしまう。

仕方がないので無難な白いドレスを選び、セレスティアはロザリーと街に繰り出した。

城下町はバートン家の屋敷を出て少し行ったところにあり、レンガで舗装された道には様々な店が並んでいた。

花や野菜を路面で売っている人もいて、かなり賑わっているのが窺える。

(本当にバートン侯爵領は、素敵な場所が多いですわね)

歩いているだけで気分がよくなり、歌でも口ずさみたくなってきた。

お日様キラキラ気持ちがいいわ
絶好のお出掛け日和《びより》ね
ご機嫌な風が嬉しいの

足取りも軽く、このままどこまででも歩いて行けそうな気がしてくる。

ああ、自由な街歩きってなんて楽しいのかしら……！

「……何ですか、お嬢様。突然歌なんか歌い出して。どういう風の吹き回しです？」

ウキウキしていたら、後ろからついてくるロザリーに変な目を向けられた。

「ていうかお嬢様、音楽はそこまで得意じゃないでしょ。楽譜は読めますけど、楽器は致命的でしたし。歌はできるんですか？」

「えっ？　ああ、いえ……何でもないんです。その……ちょっと気分が乗ってしまっただけでして」

「……はあ。気分が乗ったとしても、歌を歌い出すのは初めてな気がしますが」

「ま、まあそんなに気にしないでください。そんなことより、あそこにブティックがありますわね。行ってみましょう」

「……は？　ちょっ、お嬢様！　勝手にあちこち行かないでください……！」

セレスティアは、早速衣装の看板が出ている店に向かった。

ドアを開けるとカラン、カラン……とベルの音がして、売り子と思しき女性たちが一斉にこちらを見てくる。

「いらっしゃい。ここらじゃ見かけない顔だけど、どちら様だい？」

ベテランのスタッフが話しかけてきたので、セレスティアは軽く膝を曲げて挨拶した。

「初めまして。わたくし、セ……エブリン・バートンと申します」

「えっ……？　エブリン・バートン……だって？」

「バートンって、まさか領主様の……」

「はい、バートン家の者です。ごきげんよう」

そう挨拶した途端、店内がどよめいた。予想外の珍客に、スタッフ一同困惑しているようだった。

「エ、エブリン様が私たちの店に来てくださるなんて……」

「エブリン様っていったら王太子様の婚約者だろ？　雲の上の人じゃないか……」

「というかエブリン様って、王宮住まいだったんじゃ？　それが何故こんなところに……？」

明らかにガチガチになって緊張している様子。

やはり、領主の実娘にいきなり訪問されると緊張するものなのか。事前に予告するべきだったかもしれない。

セレスティアはなるべく空気を和ませようと、柔らかく微笑んだ。

「実は、わけあって実家に戻っておりますの。しばらくはこちらでのんびりさせていただきますわ」

「そ、そうなんですね……」

「それで、今からドレスをコーディネートしていただきたいんですけど大丈夫ですか？都合が悪ければ出直しますが」

「えっ!?　あ、いえ、大丈夫です！　どのようなドレスをお求めでしょう？」

「まあ、よかった。エブ……じゃない、わたくしが普段、着られるような、明るい色のドレスが欲しいんです」

エブリンに似合うのは、黒や白、くすみカラー等ではなく、もっと明るいパステルカラーだ。服の色を変えるだけで、顔の雰囲気もかなり明るくなるはず。もともと肌は綺麗なのだから、コーディネート次第でいくらでも化けるだろう。

セレスティアは店内にあるパステルカラーのドレスを掻き集め、姿見の前でああでもないこうでもないと選び抜き、最終的に淡いグリーンのドレスを購入した。

シンプルでありながら決して安っぽいものではなく、程よくフリルがついていたり花の刺繍が施されていたりと、なかなかに手の込んだ一着である。

「ねえロザリー、これどうですか？　こういうカラーの方がエブ……わたくしに似合うと思うんですけど」

「ああ……はい、そうですね。お嬢様にしては珍しいですが、よく似合ってると思います」

「ふふ、よかったです。せっかくだからロザリーもお揃いでコーディネートしませんか？」

「……いや、アタシはあくまで侍女なんで。分不相応なドレスはいらないです」

スタッフに礼を言って、セレスティアは店を出た。

新しいドレスを着て歩いていると、ますます気分が上がってくる。小躍《こおど》りしたいくらいだ。

「……にしてもお嬢様、ホントにどういう風の吹き回しなんですか？」

「はい？」

「今まではファッションなんて、全っ然興味なかったじゃないですか。『仕事の邪魔にならなければ何でもいい』って言ってたのに。一体何があったんです？」

ロザリーが疑わしそうな目を向けてくる。

「というかハッキリ言ってお嬢様、なんかヘンですよ。人が変わったっていうか、らしくないっていうか。アタシが知ってるお嬢様じゃないみたいです」

「……それは……」

当然だ。身体はエブリンでも、中身はセレスティアなのだから。

さすがにロザリーはエブリン専属の侍女だけあって、違和感を覚えるようだ。

(うーん……でも、自分から「実はわたくし、セレスティアなんです」と言うことはできないですし……)

それに、入れ替わった理由もハッキリしていない。あまり下手に掘り下げない方がいいのではないか。ややこしいことになりかねない。

少し考えた結果、セレスティアはにこりと微笑んでこう問いかけることにした。

「ロザリーは、今のわたくしが嫌いですか?」

「……や、そういうわけじゃないですけどね。でも今までとあまりに違うから、どうしたのかと思って」

「どうしたも何もありませんわ。わたくしはわたくしです。服や髪型が変わっても……どんな姿になっても変わりませんわ」

「は、はあ……」

「そんなことより、あそこに化粧品を売っているお店がありますわね。行ってみましょうか」

「え？　ちょっとお嬢様、待ってくださいよ！」

セレスティアは構わず駆け出した。

抑圧されていたものを全て解放するかのように、街歩きを楽しむ。

化粧水や美容液を買い込み、品のいい香水を選び、口紅の色をあれこれ試して回るのは本当に楽しかった。

「お、お嬢様……まだ買うんですか……？」

ロザリーが息を切らしながらついてくる。ずっと買い物に付き合わせてしまったから、彼女もだいぶ疲れている様子だ。

「いいえ、お買い物はこのくらいにします」

セレスティアはきょろきょろと街中を見回した。買い物はおしまいだが、あと一ヵ所行きたい場所があるのだ。

「あっ、やっと見つけました！　美容室がありましたわ！」

「は？」

「あそこが最後です。行きましょう、ロザリー」

「ちょ、ええ……？」

セレスティアは、小走りでハサミの看板が出ている店に向かった。

幸運なことに客が誰もいなかったので、入店してすぐに案内してもらえた。

指定された椅子に座り、上からすっぽりヘアカット用のクロスを被せてもらう。

「本日はどのようなカットをお望みで？」

「そうですわね……。せっかくですから、これくらい切ってくださいます？」

これくらい、とセレスティアは肩の少し上辺りを示した。ちょっと長めのボブヘアといったところか。元の髪の長さからすると、二十センチ以上は切ることになる。

「え、ええと……随分バッサリいかれますね？　本当によろしいのですか？」

「ええ、かまいませんわ。枝毛ごと、バッサリ切ってくださいませ」

「か、かしこまりました……」

「切り揃えた後は、毛先に緩くウェーブをかけてくださいませ。小顔になるように、ふわっとお願いいたしますね」

「は、はい……」

大胆なリクエストに圧倒されたのか、美容師は恐る恐る髪にハサミを入れていった。

セレスティアは切られていく茶色の髪を眺めつつ、ヘアメイクが完了するのを待った。

ずっと街歩きに従ってきたロザリーは、待っている間半分くらい船を漕いでいた。

「こちらでどうでしょう……？」

ようやく美容師がハサミを置き、鏡越しに様子を窺ってくる。

「ご要望通り、この辺りで切り揃えて毛先にウェーブをかけてあります。ふわっとした軽い雰囲気を出し、小顔を演出させていただきました」

「まあ、ありがとうございます。エ……とても似合っていると思いますわ」

セレスティアはクロスを外し、椅子から立ち上がって改めて自分の全体像を眺めた。

柔らかく整えた茶色の髪に、先程購入した石の髪飾りを留める。

化粧品の店では色白の肌に合うような明るい化粧を施してもらったし、唇には淡いピンクの花びらのような口紅を引いた。

パステルグリーンのドレスもよく似合っているし、我ながらとても上手くコーディネートできたと思う。

（ふふ、やっぱり思った通りです。エブリン様、ものすごい美人ですわ）

これなら、街を歩けば誰もが振り返るに違いない。エブリン本人も喜んでくれるだろう。

休日を与えてくれたお礼だ。

「お待たせしました、ロザリー」

「ハッ……!?」

居眠りをしていたロザリーは、呼びかけられてハッと顔を上げた。

こちらを見て一瞬固まった後、目を擦ってまじまじと見上げてくる。

「お嬢様……？　かなり変わられましたね……」

「はい、バッサリ切りましたから。どうです？　似合っているでしょう？」

「え、ええ……だいぶ印象も変わりました」

「でしょう？　これなら誰もブサイクだなんて言いませんわよね？」

「おそらく……」

「ならよかったです。さ、そろそろ帰りましょうか」

ロザリーを促し、荷物を積み込んだ馬車に戻る。

馬車まで歩いて行く途中、すれ違った若者がこちらを振り返ったのがわかって、セレスティアはますますいい気分になった。今すぐエブリンに成果を報告しに行きたいくらいだった。

「そう言えば……来る途中にも見えていましたけど、あの塔は何でしたっけ？」

馬車に乗り込む時、視界の隅に白い塔が見えたのでついでに聞いてみた。

街の外れに聳え立っている白い塔。塔のてっぺんからは街全体が一望できそうだったが、それ以外は特に何もなさそうなシンプルなものだ。

(普通あぁいうところにある塔は、時計塔だったりするのですけれど……そういう感じでもなさそうですし)

はて、一体どのように利用されているのだろう。誰かが住んでいるのだろうか。

ただ建っているだけとも思えないし……気になる。

するとロザリーも、首を横に振った。

「アタシもよく知りません。アタシたちが王宮に移り住むようになった時には、あんなのなかったですからね」

「まあ……では、最近できた建物なのでしょうか？」

「そうなんじゃないですか？　……ああでも、以前旦那様が『シェバ殿のために、領内に監視塔を作った』ってのは仰っていましたね。その監視塔かもしれないです」

「え？　シェバ殿って、もしやあのシェバ様ですか？　天才聖導師と名高い……」

「そうですよ、お嬢様もお会いしたことあるでしょ」

「……！」

「そのシェバ様が、あそこから領内を見張っているのかもしれないですね。……ずっと監視されているのも、なんかぞっとしませんけど」

「まあ……」

シェバとは、セレスティアのひとつ前の聖導師である。

直接会ったことはないが、「歴代で最も優れた聖導師」と言われており、セレスティアが生活していた教会にも肖像画が飾られていた。肖像画からも滲み出る神秘的な雰囲気に圧倒され、さすがは伝説の天才聖導師様……と憧れたものだった。

ただ、シェバは七年前に突然引退し、行方をくらましてしまったと聞いている。後任も指命していなかったため、その後二年間は聖女・聖導師が空席の期間が続いた。

その辺りの事情はセレスティアにはよくわからないが、領内にいるなら是非とも挨拶しておきたい。

セレスティアは小さくなっていく監視塔を眺めながら、言った。

「ロザリー、明日はあの監視塔に行ってみましょう。領地に帰って来たからには、シェバ様に挨拶しなければ」

「……はあ。挨拶はいいですけど、シェバ様が監視塔にいらっしゃるとは限りませんよ？あの人、聖導師時代から風みたいな人だったし」

「風、ですか……」

「掴みどころがないというか、何を考えているかわからないというか。陛下ですらも頭が上がらないところがあったみたいですからね。個人的に、ちょっと不気味なんです」

「そ、そうなんですか……」

「ま、不気味さで言えば聖女セレスティアも負けてませんけど。あんなのほほんとした顔でお嬢様の暗殺を企んでるなんてねぇ……。ある意味、今回の件でセレスティアと距離が取れてよかったかもしれませんよ」

「……えっ？」

ロザリーの台詞に、今日一番の衝撃を受けた。

（エブリン様の暗殺……!?　わたくし、そんな風に思われていたのですか……!?）

神に誓って言うが、セレスティアはエブリンの命を狙ったことなど一度もない。レックスの婚約者が誰なのかも知らなかったし、実際に対面して初めて彼女が「エブリン・バートン」だと知ったくらいだ。それくらい興味がなかったし、関わる機会もなかった。

（王妃の座を狙っているという噂から、そんな噂にまで発展してしまったのでしょうか……？　道理でエブリン様、最初から敵意剥き出しだったはずですわ……）

噂というのは尾ヒレがつきまくるものだから、いつの間にやらとんでもない誤解をされていることもままある。

が、それにしたって「エブリンの暗殺」はさすがに話が飛びすぎではないだろうか。そんなの、一瞬たりとも考えたことがないのに……。

「そんなことより、いつまであのお屋敷で生活するつもりです？」

ロザリーが話を変えてきたので、セレスティアの思考はそこで途切れた。

「王宮に戻れるようになるまで、どこか別の場所に生活拠点を移した方がいいんじゃないですか？　毎日のように奥様連中の嫌味を聞くのもしんどいでしょ」

「えっ？　あ、ええと……それは……」

「今からでも別荘に移動します？　……まあ、あっちはあっちでちゃんと掃除されてるか怪《あや》しいですけど。奥様連中と毎日口論《こうろん》するよりマシじゃないですかね」

「うーん……そうですわね……」

曖昧な返事をしていたら、屋敷に到着してしまった。

とりあえず馬車から下り、エントランスを通りかかる。

そのまま自室に直行しようとしたら、幸か不幸か継母たちと遭遇してしまった。

「ちょっと、誰よあんた……って、エブリン!?」

「えっ、嘘!? 不審者じゃなかったの!?」

継母も義妹も驚愕して目を丸くしている。口もあんぐりと開け、信じられないものでも見るかのように硬直してしまっていた。

セレスティアは構わず、優雅に挨拶してみせた。

「まあ、お二人共。わざわざお出迎えありがとうございます」

「な……！」

我に返ったように、慌てて持っている扇を振り回す継母。

「べ、別に出迎えたわけじゃないわよ！　なんか知らない女が屋敷に入って来たって聞いたから、誰かと思って……！」

「というか何なの、その格好！　お姉様らしくない格好しちゃって、みっともない！　あたし達に張り合おうって言うの？」

「張り合う……ですか？　一体何を張り合うのでしょう？　わたくしはただ、自分の好きな格好をしているだけです」

　真顔でそう答えたら、彼女たちはますますヒートアップしてきた。

「それがらしくないって言ってるのよ！　あんたはもっとブスでダサくて、化粧もファッションも興味ないでしょ！　それが何よ！　いきなりそんな……ガラッと変身しちゃって何のつもり!?」

「何と言われましても……自分の好きな格好をするのに、『好きだから』以外の理由があるのでしょうか？」

「ふん、お姉様ったら嘘ばっかり。レックス様に捨てられたから、新しい男に気に入られるために見た目を変えただけでしょォ？　あたし達の助言を聞いて、素直に男に媚びる術を模索《もさく》したのねェ？　そこだけは褒めてあげるわ」

「あら。ということはお二人共、今のわたくしを『可愛い』と思ってらっしゃるのですね。ありがとうございます」

「んなっ……！　そ、そんなこと一言も」

「わたくしも、この格好はとても気に入っておりますの。元の魅力が最大限に引き出されているでしょう？　外見を飾るのが得意なお二人が認めてくださっているのですから、変身は大成功だったということですね」

「っ……！」

そう言ったら、継母も義妹も顔を真っ赤にして震え出した。

また怒らせるようなことを言ってしまったのだろうか……と訝しんでいると、継母がダン、と地団駄《じだんだ》を踏んできた。

「あああもういいっ！　あんたと話していると気分が悪くなるわ！　いつもいつもこっちの気持ちを逆撫《さかな》でるようなことばかり言って！　仲良くしたそうな素振りで、こっちに喧《けん》嘩《か》売ってるんじゃないわよ！」

「ええ？　そんな、わたくし喧嘩だなんて……」

「出掛けたんならそのまま出て行ってくれればよかったのに！　二度と私たちに近づかないで！」

そう言い捨て、継母と義妹はドカドカとエントランスを去ってしまった。

その場に取り残されたセレスティアは、はて、と首をかしげた。

「おかしいですわね……。何故いつも怒って行ってしまうのでしょうか。自分の好きな格好をすることの、何がいけないのでしょう？」

「いや、あれは単に嫉妬してただけですね。お嬢様がびっくりするくらい綺麗になったから、自分たちじゃ敵《かな》わないって白旗上げてたんですよ」

「あら、そうなのですか？」

「多分そうです。ま、結果的にはよかったんじゃないですか？　これでもう突っかかってくることもないでしょうし、別荘への移動もしなくて済むかもしれません」

さ、行きましょう……と、部屋に向かうロザリー。

セレスティアも部屋に行き、買い込んだ化粧品やアクセサリーを整理した。

新品の香水を棚に並べていたら、高級インテリアみたいに見えてきてますます気分が上がってきた。

（はぁ……自分の好きなものを思いっきり買えるなんて、本当に久しぶりですわ……）

自分のやりたかったことは、まさにこれ！　エブリンになれてよかった！

念願のスローライフ万歳！

◆　◆　◆

「今日は外国からザッハトルテを取り寄せてみたんだ。すごいだろう？」

と、レックスがドヤ顔でこちらに見せびらかしてくる。

ツヤッとした黒色のケーキは、上に細かな金粉が振りかけられていてとても美味しそうだった。王家主催のお茶会で出されたら、誰もが喜んで舌鼓《したつづみ》を打つようなお菓子だろう。

だが、こんないち聖女への差し入れとして用意するようなお菓子ではない。外国から取り寄せるお菓子はどれも軒並み高いのに、一体何を考えているのか。

（ったく……こんな無駄遣いするから、陰で顰蹙《ひんしゅく》買うんでしょうが）

エブリンは心の中で深々と溜息をついた。

聖女セレスティアと入れ替わって数日。

思った通りレックスは、セレスティアのおっとりした人柄に夢中になっているようだった。いや、自分にとって都合のいい女性を見つけたことに浮かれているといった方が正しいか。

毎日のように無駄な差し入れやプレゼントを持ってくるし、たいした用もないのに一日に何回も教会を訪れてくる。

薄っぺらい自慢話をしたかと思ったら「きみは相変わらず頭が悪いな」と馬鹿にしてくるし、少しでも口答えしようものなら「鞭で叩くぞ」などと脅してくる。最近はレックスの顔を見るだけで胃がムカムカしてくるくらいだ。

（ああもう……こいつ、ホントにぶん殴りたい……！）

言動に難《なん》ありでも、極めて高い政治能力があれば、一定の敬意を払うことができた。

王子としては無能でも、人柄がよくて相手の気持ちを汲《く》み取ることに長《た》けているなら、人として愛することもできた。

だが残念ながら、レックスにはどちらも備《そな》わっていない。

少なくともエブリンにとっては、王太子レックスは容姿と身分がいいだけのクズ野郎でしかなかった。七歳の頃から婚約者としてずっと側にいるけど、その評価は一度たりとも変わっていない。

もちろん、容姿のよさは未来の国王として大事な要素のひとつである。

多くの国民は国王の人間性なんて知らないから、容姿でカバーできる部分は多いのだ。多少ポンコツであっても、容姿がいいだけで国民の評価は甘くなったりする。

現にレックスも、世間では「麗しの王太子殿下」ともてはやされているというし、人を見る目が未熟な貴婦人や令嬢の間ではそこそこの人気になっているそうだ。

だが実際のレックスはびっくりするほど無能だし、見栄っ張りで努力嫌い。おまけに常に馬用の鞭を携帯し、何かというとすぐに「鞭打ちだ！」と脅してくるとんでもない暴君だった。というか、脅しではなく本当に部下を鞭打つこともあって、良識ある者は皆ドン引きしている。

そんなヤツがまともな仕事なんてできるはずもないから（というか仕事なんて任せられない）、二十三歳になった今も遊んでばかりだ。

王太子である以上はいずれ国王として国を治めていかなければならないのに、将来のことなんて一ミリも考えたことがないのだろう。本当にクズめ。

（陛下も、いろいろ対策は考えていらっしゃるみたいだけど……）

父親である現国王レオポルトも、息子レックスが不出来なことは承知しているようだった。承知はしているが、正嫡《せいちゃく》の男子がレックスしかいない以上、王太子を交代させることはできない。

だからせめて、レックスの周りは彼を支えられるような賢い人材で固めた。

側近や大臣はもちろん、婚約者に関してもなるべく出来のいい娘を選んだ。教養豊かで努力家、機転が利いて社交界でも上手く渡り歩いていけそうな女性。それがエブリンだった。

(ま、そういう意味では感謝してやらなくもないわね。こいつが優秀だったら、私は選ばれてないもの)

王妃になることが約束されたエブリンだが、お飾りの王妃になるつもりはない。ましてや、ただ国王の跡継ぎを産むだけの存在になるつもりもない。

エブリンの目的はただひとつ。王妃になって実権を握ること。そして政治の世界に介入し、女性の地位向上を目指すことだ。

そんな夢を抱いたのは、育ってきた環境が大きいと思う。

何かというと「女のくせに」とか「男に媚びろ」と言われるのはもううんざりだったし、女というだけでこちらを軽んじ、嘲笑《あざわら》ってくる連中も見返してやりたかった。「女は可愛らしく着飾り、男に従順でいればよい」という価値観も、根底から全部ひっくり返してやりたかった。

そのためには、国で一番権威ある女性――王妃になるしかない。

そんな目標があったから、最初からレックスのことなんて眼中になかった。彼に頼る気など毛頭なかったし、愛情だって一切求めていない。

唯一レックスに価値があるとすれば、王位継承権を持っていることくらいか。それ以外に価値などなく、無事跡継ぎを作れた際には、レックスにはさっさと退位してもらって自分の子を王に据えようと考えていた。

もちろん、自分の子には幼い頃からしっかりとした教育を施す。絶対にレックスの二の舞にはしない。あんなクズ野郎が国王で居続けたら、この国はおしまいだ。

ただ……。

(今思えば、幼少期からこいつに関わることを放棄しちゃったのは、ちょっと失敗だったかもしれないのよね……)

レックスの周りに集められた側近たちは、国王肝入《きもい》りだけあって確かに優秀だった。

だからこそレックスも仕事や雑用を全て臣下に丸投げしてしまい、自ら努力することを放棄してしまった。

おまけに側近たちはレックスが下手に知識をつけることを嫌がり、本来レックスに授《さず》けるべき帝王学をほとんど授けてこなかったのだ。

優秀な教育係がいたのに、何故こんなクズ野郎が爆誕してしまったかというと単純な話、「まともに教育されていなかったから」に他ならない。

その事実に気付いたのは、レックスと婚約して十年くらい経った頃だった。もっと早く気付いていればどうにでも対策できたのに、これでは完全に手遅れだ。

そんなこんなでレックスは成長してしまい、今ではやりたい放題の暴君になってしまっている。これに関しては、もう少しレックスの様子を注視していればよかったと思わないでもない。

（まあ……こいつの場合、婚約初期から私のこと毛嫌いしてたからね。関わりたくても向こうから拒否してただろうけど）

見ているのも恥ずかしいクズ野郎だが、それでもエブリンの優秀さはきちんと理解しているようだった。

そこで負けじと努力できればよかったのだが、レックスは自分を高めることではなくエブリンを貶《おとし》める方向に舵《かじ》を切ってしまった。

何かにつけて「女のくせに生意気な」とか「小賢《こざか》しい女はみっともない」とか「女は黙って男を支えろ」などと悪態をつくようになった。

隙あらば婚約破棄してやろうとしているのが見え見えだったし、側近たちに「エブリンとの婚約を破棄する方法はないのか⁉」と怒鳴り散らしていたこともある。

それでもエブリンは「またバカが何か言ってるわ」と軽くあしらっていたのだが、五年前にセレスティアが聖女に選ばれて以来、少しずつ風向きがおかしくなり始めた。

セレスティア・イシュタールはイシュタール男爵家の一人娘らしく、たまたまイシュタール男爵と一緒に王宮を訪れた際、レックスに目をつけられたらしい。

レックスが選んだ女なんて信用ならないわ……と思ったものの、最初はほとんど気に留めていなかった。

聖女は聖女の仕事があるし、レックスにいちいち構っている暇なんてないはず。そもそも自分たちの婚約はレスター王国に認められた正式なものだから、ぽっと出の聖女なんかに脅《おびや》かされることはない……そう思っていた。

だがセレスティアが聖女として活躍すればするほど、エブリンの耳によからぬ噂が飛び込んできた。

聖女セレスティアは婚約者エブリンを暗殺し、王太子レックスと正式に結婚するつもりだ――と。

（「死者とは結婚できない」――政略結婚の穴を、見事に突いてきたわね……）

どんなに強固な婚姻関係であろうとも、相手が死んでしまったら婚姻は無効となる。

つまり今の婚約者を亡き者にしてしまえば、本当に結婚したい相手を選び直すことができるのだ。その時だけが唯一、婚約者を変更するチャンスなのだ。

それに気付いた時、エブリンは自分の足元が揺らいでいくような感覚に襲われた。

何せセレスティアは、様々な白魔法を使いこなす評判の聖女である。やり方によっては、相手に気付かれずに呪詛《じゅそ》をかけることもできるのではないか。

「セレスティア様、どうやら王妃の座を狙っているらしいわよ」

「でも聖女様が王妃になるには、エブリン様がどうしても邪魔になりますよね」

「そこはホラ……歴史上、政敵に葬られた貴族などいくらでもいますから」

「エブリン様も油断なさっていると、いつか聖女様に……」

……などという噂を聞く度に、エブリンの中でセレスティアに対する嫌悪や焦りがどんどん膨らんでいった。

そういえば最近、ちょっと風邪っぽい気がする……仕事の疲れも取れない……。

これがもしセレスティアの呪詛だったらどうしよう。いずれ私は衰弱して、本当に死んでしまうんじゃないかしら。

そんなことになったら自分の夢も、今までの努力も全部水の泡だ。

だったら、仕掛けられる前にこちらから動かなくては……！

そう思い、エブリンはあえて大胆な策に打って出た。それがセレスティアと自分の身体を入れ替えることだった。

本当にこれで大丈夫か、入れ替わることで起こり得ることは何か、入れ替わる期間はどのくらいか、その間にやるべきことは……と、ありとあらゆることを想定し、プランを練った。

とはいえ、実はギリギリまで実行するかどうか悩んでいたのだ。

かなり緻密に計画を練ったものの、上手くいく保証はどこにもないし、万が一レックスに入れ替わっていることがバレたらものすごく面倒なことになる。

セレスティアの方も、身体が入れ替わったままおとなしくしていてくれるとは限らない。レックスに寵愛されているのをいいことに、王妃になりたがるような女なのだ。何をしでかすかわかったものではない。

とりあえず自分の名を名乗れないようにしておいて、王宮から追い出して実家に帰ってもらう。ここまでは大前提だ。

だが、その間に余計なことをされたらこっちの計画にも支障が出る。どうしよう。

本気で迷っていたのだが、いざセレスティアに対面したらそんな迷いも全部吹っ飛んでしまった。

(……なるほどね。確かにこれは、騙される男が多そうだわ)

一目見てそう思った。

男なら誰でも好みそうな控えめな美人。色白で線が細く、豊かな銀髪と白いフードローブも合わさって、まるで天使のように見えた。

この見た目でレスター王国各地を飛び回り、瘴気を祓ってたくさんの村を救っているのだから、もてはやされるのも道理である。「聖女セレスティアの方が未来の王妃にふさわしい」などと言う人が出てくるのも、自然な流れかもしれない。

でも……。

(こんな顔して、私のこと殺そうとしてるんでしょ……！)

大人しそうな女ほど信用ならないものはない。穏やかな仮面を引っぺがせば、その下にはどす黒い野望が渦巻いているのだ。

やはり、この女をこのまま放置しておくわけにはいかない。

そんなわけでエブリンは、互いの身体を交換する魔法をかけた。

身体さえ入れ替わってしまえば、後は計画通り進めるだけ。

セレスティアの口から「王妃になるつもりはない」、「エブリンと結婚するように」とレックスを説得し、同時に聖女の仕事も放棄してセレスティアの評判を下げてやる。

実際セレスティアと入れ替わってからは、遠方への出張は全て断っていた。

後はこのクズ野郎にも、「いい加減、現実を見ろ」と諭《さと》せたらいいのだが……。

「レックス様。何度も申し上げますが、私にこのような気遣いは無用です」

エブリンは、目の前に広げられたティーセットを見て言った。

「それよりも、早くエブリン様と仲直りしてください。レックス様の婚約者にふさわしいのはエブリン様です。私ではありません」

「ふ……セレス、お前はどこまでお人好しなんだ？　あんな目に遭わされたのに、まだあの女を庇うとはな」

「庇っているわけではありません」

「でも俺は、エブリンと仲直りするつもりはない。だいたいあいつは、昔から生意気で可愛げがなかったんだ。何かというとすぐ文句を言って、俺に反抗してくる。外見もブサイクだし、お前とは似ても似つかない女なんだ。父上には悪いが、絶対に婚約破棄は取り消さない。絶対だぞ」

「……。……バッカじゃないの」

「ん？　何か言ったか？」

「い、いえ……何でもありません」

慌てて笑みを作ってごまかしてみせる。

だが、心の中では本来のエブリンが怒りで暴れ散らかしていた。

（ああもうイライラする！　何が「絶対に婚約破棄は取り消さない」よ……！）

婚約の正当性がどのように担保《たんぽ》されているかも知らないくせに。

正式な手続きを踏んで国が認めた政略結婚を、あんたの感情ひとつで覆《くつがえ》せるわけないでしょうが、このバカ。

……とはいえ、レックスの中では既に「エブリンとは婚約破棄した」ことになっているみたいだし、「セレスティアと結婚する」ことも決定事項になっているらしい。

これまで幾度となく「あなたと結婚する気はない」、「エブリン様と結婚してくれ」と訴えてきたのに、いつまで経っても話が平行線のまま、埒《らち》が明かない状態になっている。

（もういっそ、セレスティアの姿で他の男と婚約しちゃおうかしら。さすがにそれはやりすぎ……？）

どうしても話を聞いてくれないなら、レックスに迫られる前に別の男と結婚するしかない。

そうすればレックスとは結婚できなくなるし、彼に対する当てつけにもなる。セレスティアへの嫌がらせにもちょうどいい。

そこまでできればもうセレスティアの身体に用はないし、元に戻っても問題ないはずだ。

ただ……同じ女性として、こちらが勝手に結婚相手を決めてしまうのはさすがに信条に反するかなと思っている。

家同士が決めた政略結婚なら仕方ないが、嫌がらせとして好きでもない相手と結婚させるのは違う。

女性が軽んじられることなく、自由に好きな相手と結婚する。それは、エブリンが目指している女性の自立にも通じるものがある。

ならば、どんなに憎い相手であっても適当な男をあてがってはいけない。その方が手っ取り早いのはわかるけれど、自分の信条的にそこまではやりたくない。

でもこのままじゃ、レックスは暴走したまま止まらないし……どうしたものだろう。

そんなことを考えていたら、レックスは真剣な眼差しでこちらに近寄ってきた。

「セレスティア、この際だから言っておきたいことがある」

「……何でしょう」

「俺はお前に結婚を申し込みたい。もうエブリンとの婚約はなくなったんだ。聖女を引退したいなら引退していい。これからは未来の王妃として、俺の隣にいて欲しいんだ」

「………………」

またバカの妄言《もうげん》が始まったわ……と、思わず口にしそうになる。

エブリンは顔を引き攣らせつつ、一生懸命マイルドな言い方を考えた。

「あ、ありがとうございます……。ですが、私には過ぎたお役目ですわ。私にはこれといった教養もありませんし、政治のこともわかりません。王妃にはなれませんし、レックス様のお役にも立てないと思います」

「そんなことはないぞ。国王や王妃なんて所詮お飾りだ。政治は全部側近がいいようにやってくれるから、俺たちは一生遊んで暮らせる。最高の立場だろう?」

「そっ……」

そんなわけあるか、と再び口から出そうになる。必死に我慢していたから、唇の端が細かく震えていた。

　レックスは続けた。

「でも、公式行事には夫婦で出席しなければならない。そういう時には、セレスに隣にいて欲しいんだ。俺とお前なら、見目麗しい国王夫妻として国民にも歓迎されるだろう。ブサイクなエブリンより、綺麗なセレスの方が遥《はる》かに適任なんだよ」

「………」

　わざわざ私と比較しなくていいわよ、と心の中でツッコむ。こういうデリカシーのなさも、レックスがクズ野郎たる所以《ゆえん》だ。

（はあ……もう、これ以上コイツと話してても時間の無駄だわ）

　この調子では、こちらが何と言おうと自分の考えを改めたりはしないだろう。

　だったら別の男と婚約したフリでもして、強制的に距離を取るしかない。さすがのレックスも、セレスティアが既婚者になってしまったら引き下がるしかないし（もちろん、本当に結婚はしないが）。

　エブリンは片手を上げ、レックスの話を遮った。

「お気持ちは受け取りましたので、少し時間をくださいませ。そのような大事なこと、今すぐには決められません」

「は？　何を言っているんだ？　俺からの求婚だぞ？　どこにも迷うことなんてないだろ。お前はこんな時でも頭が悪いのか？」

「……。……女にとって、結婚は一生に一度の大事な出来事です。心の準備もございます。どうかご容赦ください」

怒鳴り付けたい気持ちをどうにか抑え、わざと冷たい口調で言ってやる。

するとレックスは少し怯《ひる》んだような顔をして、大袈裟《おおげさ》に溜息をついてきた。

「……ったく、仕方ないな。俺ほどの優良物件は他にないと思うが……まあ、心の準備が必要だというなら少し待ってやってもいい。前向きな返事を期待しているぞ」

「…………」

「ところで最近出張していないようだが？　仕事はたくさんあるのに、何故だ？　もう引退した気でいるのか？」

「は……」

「俺と結婚するとはいえ、お前はまだ聖女だぞ。仕事をサボるなど言語道断だ。聖女としての自覚が足りていないんじゃないか？」

その言い草に、ビキッとこめかみに青筋が立った。

自分は毎日遊び惚けているくせに、何でこちらのことばかり批判してくるのだろう。聖女としての自覚が足りていないというなら、あんたなんか王太子としての自覚の欠片もないじゃないか。

エブリンはやや大袈裟にこめかみを押さえ、深呼吸をしてから言った。

「……実はあの日以来、魔法の調子が悪くなってしまいまして。少しお仕事をお休みしておりますの」

「何だと？　そんな適当なことを言ってごまかそうとしても……」

「本当です。レックス様は魔法の心得がないからご存じないでしょうが、魔法を使うには身体と魔力の波長が合わないといけないんです。今はその調子が悪いと申し上げておりますの」

エブリンはどちらかというと黒魔法が得意なので、清らかな聖女様が使う白魔法は不得意なのだ。

身体が入れ替わっても自分の魔力はそのままなので、身体と上手く馴染《なじ》まないのである。

だがレックスから出てきたのは、驚くべき言葉だった。

「はあ？　それじゃ聖女としての実績が積めないじゃないか。聖女が尊敬されるのは、レスター王国を清浄に保つからなんだぞ？　サボっていたら意味がないだろう」

「……いや、だからサボりじゃなくて」

「俺は何度も『レスター王国の聖女はお前しかいない』と言ってきたはずだぞ？　お前が仕事をサボったら、誰が瘴気を祓うんだ？　そんなこともわからないほど、お前は頭が悪いのか？」

「…………」

「今までは聖女だと思って我慢してやったが、これ以上わけのわからない理屈をごねるなら今度こそ本気で仕置きしてやるぞ。俺に選ばれたからには、俺のために全力で尽くすのが当たり前だろうが。それが『引退したい』だの『休日が欲しい』だの、挙句の果てに『魔力の波長が合わない』だと？　もういい加減にしてくれ！」

「いい加減にして欲しいのはこっちの方よ！」

「えっ……」

思わず怒鳴り返したら、レックスは驚愕して言葉を詰まらせた。

（い、いけない……聖女の姿のまま怒鳴っちゃったわ……）

つい頭に血が上ってしまうのは、自分の悪い癖だ。

エブリンはごまかすように咳払いした。

「コホン……失礼しました。あの、今日はもう休ませていただいてよろしいでしょうか。先程から気分が悪いのです」

「あ、ああ……わかった。早く調子を取り戻すようにな」

「ええ。……では、失礼します」

短く挨拶し、エブリンは個室に戻った。

扉越しに耳を澄ませると、レックスがすごすごと教会を出て行ったのが聞こえた。

それで安心し、エブリンは今度こそ深く息を吸い込んだ。

「あああもう！　あのクズ野郎があぁぁ！」

こちらが「不調なんです」と訴えても第一声が「聖女の実績が積めない」だし、心配するどころか感情的に怒鳴って「仕置きしてやる」と脅してくる始末だ。

あそこまでくると、最早人間らしい道徳心がすっぽり抜け落ちているとしか思えない。

（……あいつはきっと、大事なものを王妃様の腹の中に忘れてきちゃったんだわ）

だからこそ、自分がしっかりしなければならないのだ。

レックスはポンコツでも構わないが、自分はそれに倣ってはいけない。

エブリンには明確な夢と目標があるのだ。こんなところで躓《つまず》いてたまるか。

「セ、セレスティア様？　今すごい声が聞こえましたけど、どうしたんですか？　大丈夫ですか？」

修道女の一人がそっと部屋を覗いてくる。驚愕と同時に、どこかドン引きしたような顔をしていた。

（ああもう……またウザいのがやってきたわ）

個室で叫んだくらいでいちいち覗かないで欲しい。

ストレスが溜まったら叫びたくなるものだし、公共の場でやっていないんだから問題ないではないか。

それとも、聖女セレスティアは個室で一人きりになっても叫ばなかったのだろうか。レックスから「頭が悪い」と罵られても、理不尽に怒られても、鞭で脅されても、一切ストレス発散しなかったのだろうか。

さすがにそれはないと思うのだが……。

気を取り直し、エブリンは修道女に微笑んでみせた。

「いえ、何でもないわ。心配しないで」

「そうですか……？　それにしては最近、何だか様子がおかしいような……？　その……口調もいつもと違いますし」

「は……？　口調ってどういう……」

「だってセレスティア様、いつも丁寧でおっとり話されるじゃないですか。誰に対しても話し方を変えることはないですし……レックス様に対しても、私たちに対しても同じように接してくださいます」

「……!?」

「もしかして、どこか具合が悪いんですか？　それなら大事になる前にお医者様に……」

「だ……」

大丈夫だって言ってるでしょ、と怒鳴りそうになり、どうにか寸前で言葉を飲み込む。

（何それ？　レックスと同じ愛想笑いを、この修道女たちにもしてるってこと？　どんだけ猫被るのが上手いのよ……）

てっきり、修道女には本性を露《あら》わにしていると思ったのに。

そもそも聖女セレスティアとして猫を被るのは、エブリンにとってかなりのストレスになるのだ。言いたいことも言えないし、大声を出すこともできない。

そんな中で生活してるんだから、少しは空気読みなさいよ！

エブリンはつかつかと修道女に歩み寄り、あえてニコッと笑ってこう言った。

「私は大丈夫です。なので、いちいち部屋を覗きに来ないでください。私だって、たまには大声を出したくなることもあるので」

「え、でも……」

「それでは失礼」

バタン、とわざと音を立ててドアを閉め、目の前でしっかり鍵をかけてやる。

そしてドサッとベッドに倒れ込み、天井を見上げた。

（ったくもう……なんか思ってたのと違うんだけど）

清らかでおしとやか、皆に愛される聖女セレスティアは、本当は王妃の座を狙っている腹黒女である。

表向きは慕われているが裏ではどうせ本性丸出しで、やりたい放題振る舞っているのだろう。レックスに気に入られるために媚びを売って、調子よく取り入ったに違いない。

少なくともエブリンはずっとそう思っていた。

だけど想像していたセレスティアと、現実のセレスティアがだいぶ乖離《かいり》していて、正直困惑している。

聖女セレスティアって、外面がいいだけの腹黒女じゃなかったの？　誰にでも丁寧でおっとりしているって本当なの？　レックスに何を言われても反論せず、ストレス発散もしていなかったとか嘘でしょう？

（いや、それよりも……）

私の身体にいるセレスティアは、今何をしているのかしら――。

4

「ふあぁ……」

セレスティアは、穏やかな太陽の下でふわふわとあくびをした。

一時間くらい前から川に竿を垂らして待っているのだが、今日は全然魚がかからない。待ちくたびれて眠くなってしまった。

いっそのこと、ここでお昼寝でもしちゃおうかしら……。

「……随分まったりしてますね、お嬢様」

ロザリーが呆れながら腰に手を当ててくる。

「今までこんなにまったりしたことなかったから、逆にそわそわして落ち着きませんよ」

「ふふ、そうでしょうね」

エブリンと身体が入れ替わって一ヶ月。その間に、エブリンのことをいろいろ知ることができた。

エブリン・バートンという女性は、幼い頃から聡明で気が強く、自分の目標に向かって一心に努力する人だったそうだ。

幼少期から歴史、外国語、地理、帝王学、政治、経済、絵画やダンスなどの教養、王侯貴族にふさわしい礼儀作法も学んできたらしい。

魔力もそれなりに強かったから魔法についてもきちんと勉強していて、たいていの黒魔法は魔導書を読めば扱えるようになったそうだ。セレスティアは黒魔法が苦手だから、本当にすごいなぁ……と感心してしまう。

（レックス様の婚約者に選ばれるのも当然ですわね）

美人で頭がよく、様々な才能に溢れた努力家で、おまけに由緒正しい家柄の令嬢。

セレスティアからすれば、どこから見てもパーフェクトな女性だ。レックスから邪険にされているのが不思議なくらいである。

（それにしても、エブリン様から全く音沙汰ありませんわ……。今はどんな状況なのでしょうか）

こちらはのんびりさせてもらえてありがたいけど、生活が落ち着くにつれてあちらの動向もだんだん気になってくる。

エブリンは白魔法があまり得意ではないという話だったから、セレスティアの代わりに聖女の仕事を請け負っているとは考えづらい。

他の誰かが土地を浄化してくれているならいいが、代役が誰もいなかったらどうしよう。

あまり瘴気を放置すると、どんどん土地が汚染されて取り返しのつかないことになってしまう。

王宮の中庭にある祠も、あのまま放っておいたら何か恐ろしいことが起きそうで不安だ。

やはり、早めにエブリンと接触するべきかもしれない。

まずは手紙でも書いてみよう。彼女がどんな生活を送っていたとしても、手紙を読む時間くらいあるはずだ。いっそのこと、こっそり教会に戻って様子を窺うのもアリか。その際はなるべく地味に、黒いマントでも羽織って忍び込んでやろう。

そんなことを考えたところで、セレスティアはもう一度ふわふわとあくびをした。

釣り糸は相変わらずピンと張ったまま、全く反応がない。

「それにしてもシェバ様、全然帰って来ませんわねぇ……。いつになったらお戻りになるのでしょうか?」

「……知りませんよ。てか、塔の近くで釣りしてるのって、シェバ様を待つためだったんですか?」

「そうですよ。せっかくならご挨拶したいですもの」

シェバが街外れの塔にいると聞いて以来、セレスティアは毎日のように塔を訪れていた。

だがいつ行ってもシェバは留守で、誰かが出てきてくれる気配もない。

バートン侯爵領は清浄に保たれているから、シェバが定期的に浄化してくれていることは確かなのだが……それにしてはやけに留守が多い気がする。

「シェバ様、今はお忙しいんでしょうか。一体どこで何をなさっているんでしょう？」

「だから知りませんって。てか、何でそんなにシェバ様に会いたいんですか？」

「だってシェバ様は、雲の上の人ですもの。会うチャンスがあるならわたくし、いくらでも待ちます」

「……はあ、そうですか。お嬢様がそこまでシェバ様に熱を上げているなんて知りませんでしたよ」

「え……ええ、まあ……」

ごまかすように、セレスティアはうーんと両手を頭上に掲げて伸びをした。

（ああ、本当に悠々自適ですわ……。聖女時代の生活が嘘みたいです）

朝は空が十分に明るくなってから起床し、のんびり散歩してからゆっくり朝食をとり、その後は読書したり刺繍したり街へお出掛けしたり。

今までやりたくてもできなかった買い物やカフェ巡り、領地内での魚釣り、乗馬、花壇の手入れ……等々、自由気ままに過ごさせてもらっていた。

継母と義妹には初日に絡まれて以来ほとんど絡まれなくなったし、屋敷の中でも不自由することはない。

理不尽に怒鳴られることもなければ、脅されるストレスからも解放された。

できることなら、このままずっとのんびり過ごしたい。スローライフ万歳！

（でも、いずれは元の身体に戻らなくてはならないのですよね……）

いつまでも「エブリン・バートン」でいるわけにはいかないし、エブリンだって永遠に「セレスティア・イシュタール」のままではいられないだろう。

またハードな生活に戻るのは気が重いし、レックスと顔を合わせるのもうんざりだけど、次の聖女・聖導師に仕事を引き継ぐまでは最低限の責任を果たさないと……。

「……あら？」

その時、塔の中から妙な音が聞こえた。何かの鳴き声みたいな、低く唸るような音だった。

「ねえロザリー、今何か聞こえませんでしたか？」

「き、聞こえました……。しかも塔の中から……」

「ということは、中に誰かがいらっしゃるのですね。少し様子を探ってみましょうか」

「えっ!?　いや、さすがにそれはマズいでしょ！　何かあったらどうするんですか」

「大丈夫ですよ。この塔はシェバ様が使用していらっしゃるのでしょう？　なら、中は聖域みたいなものです。そこまで危険なことはないと思いますわ」

「何根拠のないこと言っちゃってん……って、お嬢様ぁ!?」

ロザリーが止めるのも聞かず、セレスティアは塔の扉に近づいた。

鍵がかかっていると思っていたが、軽く押したらあっさり開いた。

「お邪魔いたします」

そう挨拶し、勝手に入らせてもらう。

思った通り、塔の中は落ち着いた雰囲気が漂っていた。

白っぽい石の壁に囲まれた室内にはテーブルやソファーが置かれており、執務机の上には数冊の書籍が積まれている。羽ペンやメモ書きも残っていて、式だか魔法陣だかが乱雑に描かれていた。

(これは……シェバ様の研究でしょうか？　一体何を研究していたのでしょう？)

セレスティア自身、ある程度は魔法の心得があるけれど、このメモは高度すぎてさっぱりわからない。

伝説の聖導師様はやっていることが違う……などと感心していると、

「……！」

またもや地下から鳴き声のようなものが聞こえてきた。「ギャァ……」みたいな、ドラゴンの声に似ている。

周囲を見渡したら、ちょうど地下に続く階段を見つけた。

「あそこからですわね。ちょっと行ってみましょう」

「いや、お嬢様……これ以上はヤバいですって……！」

ロザリーはしきりに止めてきたが、ここまで来て引き返すわけにもいかない。

セレスティアは螺旋状《らせんじょう》になっている階段を下り、地下に向かった。

地下は一階よりやや雑然としていた。

壁沿いに並んだ本棚には魔導書らしきものがぎっしり並べられており、棚にも様々な瓶や薬品が置かれている。パッと見ただけではどれが何だかわからない。

部屋の中央は広間のように開けており、床に丸い魔法陣が描かれていた。これも見ただけでは何の魔法なのかわからない。

そんな部屋の隅に、黒いドラゴンが寝そべっているのを見つけた。

「え……」

「アギャ……？」

ドラゴンが首をもたげてこちらを見てくる。

体長は尻尾も含めて三メートルちょっとで、やや小さめの翼がついていた。目立った外傷はなく、鱗には綺麗な光沢がある。

(このドラゴンさん、普通のドラゴンではありませんね)

直感でそう思った。

聖女時代に退治していた魔物はみな目つきが鋭く、オーラも黒くてこちらに敵意剥き出しだった。積極的に人に危害を加えてくるから、見た目が可愛くても油断できなかった。

だけどこのドラゴンは、そういった魔物とは全く違う。

オーラが黒くないというか目つきが優しいというか、こちらに対する敵意をほとんど感じないのだ。何故かはわからないが、とにかく「攻撃はされないだろう」という確信があった。

ただ、急に入ってきた人間に対して戸惑っているような雰囲気はあった。

「どうなさったのですか？　大丈夫ですか？」

「グゥ……」

「あなたはシェバ様の使い魔か何かでしょうか？　わたくし、シェバ様にご挨拶に来たんですけど、今どちらにいらっしゃるかわかります？」

「ア、アギャ……」

ドラゴンは困ったように首を振り、むくりと起き上がった。

そして思った以上に素早い動きでセレスティアの横をすり抜けると、そのまま階段を駆け上がって行ってしまった。

「あっ、お待ちくださいませ！」

「ちょ、お嬢様！　何で追いかけようとしてんですか！　もう帰りましょうってば！」

ロザリーが騒いでいたが、セレスティアは構わずドラゴンを追いかけた。

ドラゴンは螺旋階段をそのまま上がり、塔の屋上に辿り着いた。かなり長い階段だったので、途中でへばりそうになった。

「はぁ……はぁ……やっと追い付きましたわ……」

さすがに息が切れ、その場で一生懸命息を整える。

一方のドラゴンは困ったようにこちらを見て、キョロキョロと首を上下左右に振っていた。まるで何かを探しているみたいだった。

「どうなさいましたの……？　何かお探しなのですか……？」

「ギャウ……」

「よろしければ、わたくしもお手伝いいたしますわ。その代わり、シェバ様のところに案内してくださるとありがたいです」

「アギャ……」

ドラゴンは首振りをやめ、真っ直ぐにこちらを見た。

そして遠吠えのように長い声で、一際高く鳴いた。

「ギャアアァァス！」

「……！」

空気を震わせるほどの声量だった。獣の威嚇にも似た声が周囲にこだました。

突然の咆哮に戸惑っていると、ようやく階段を上りきったロザリーが声をかけてきた。

「お、お嬢様……もうホントにヤバいですって……。帰りましょう、マジで……」

「うーん……でも、あとちょっとで話が聞き出せる気がして……」

「ドラゴン相手に話も何もないでしょ……！　いい加減にしてくださいよ……！」

ロザリーがキレかけた時、上空からふわりと優しいつむじ風が吹いてきた。

髪を押さえて空を見上げたら、長い棒のようなものに腰掛けた人物が旋回《せんかい》しながら降りてきた。

（あれは……！）

白っぽいローブをはためかせ、優雅に着地する男性。やや長めの黒髪が艶やかで美しかった。どことなく、ドラゴンの黒い鱗と似ている気がする。

「ギャアス」

男性が降り立った途端、ドラゴンが労うように彼に寄り添っていった。

一方の男性は当たり前のようにドラゴンを撫で、特に動じた様子もなくこちらを眺めてきた。

「おや、今日は随分賑やかなお出迎えだね」

「あ……」

男性と目が合い、一瞬虚を突かれる。

だがすぐに我に返ると、セレスティアは降りてきた男性に尋ねた。

「あの……もしや、あなたはシェバ様ですか？」

「うん、いかにも。そういうあなたは……おや？」

シェバが少し首をかしげた。

セレスティアの上から下までざっくり観察し、「ふむ」と顎に手を当ててくる。

「エブリンさんかと思ったけど、違うみたいだね。失礼だけど、どちら様かな？」

「えっ……？」

「エブリンさんの身体に入っている、あなたは一体誰だい？」

金色の目にじっと見つめられ、いい意味で心臓が跳ね上がった。

（シェバ様……まさか一目でわたくしの正体を……）

今まで誰一人見抜けなかった真実——セレスティアとエブリンの身体が入れ替わっていることを、天才聖導師シェバは一瞬で見抜いてしまった。

ほとんどの人がこちらを「エブリンだ」と思っている中、シェバだけは「全くの別人だ」と認識してくれた。

そのことに愕然としたし、同時に嬉しさも込み上げてきた。

見た目に惑わされず、本質を的確に見抜いてくれる人にようやく出会えたのだ。

「ああ……やっぱりシェバ様は偉大ですわ……」

「？　そんなに感動することかな？」

「はい！　だってわたくし、まだ何も言っていないのに……きちんとしたご挨拶もまだなのに、見ただけでわかってしまうなんて……」

「身体と魂が一致してないからね。魔力の波長もちぐはぐだし……割とわかりやすいと思うよ」

「そんな、とんでもありません。今までわたくしの正体を見抜いた人は一人もいませんし、そもそも魔力の波長を感知できる人も稀《まれ》だと思いますわ。少なくとも、わたくしにはできません」

「そうなのかい？　波長の感知なんて、そんなに難しくないんだけどね」

嫌味ではなく、ナチュラルに微笑んでくるシェバ。

生粋の天才ゆえ、他の人には難しいことでも彼には当たり前にできてしまうようだ。

ひたすらすごいなぁ……とうっとりしていると、

「ち、ちょっといいですか」

シェバとの会話に、ロザリーが割って入ってきた。

そして険しい表情でこちらに迫ってきた。

「アンタ、やっぱりエブリンお嬢様じゃなかったんですか？　なんか変だなと思ってましたけど、アンタまさか……」

「あ、ええと……」

「今更誤魔化さないでくださいよ？　この際だからハッキリ言ってください」

「…………」

そう言われ、セレスティアは少し眉尻を下げた。

隠すつもりはなかったものの、今更正直に言うのもちょっと罪悪感がある。

ロザリーには世話になっているからあまり傷つけたくなかったのだが……。

（もう、ここまで来たら仕方がありませんわね……）

どんな風に説明しても、ロザリーの耳には言い訳のように聞こえてしまうだろう。

なのでセレスティアはあえて弁明はせず、深々と頭を下げた。

「ごめんなさい、ロザリー。シェバ様が仰ったことは全て本当です。あの時エブリン様に魔法をかけられて、身体が入れ替わってしまいましたの」

そして改めて顔を上げ、自ら名を名乗ろうとした。

「この場を借りて自己紹介させていただきます。わたくしは……」

セレスティア・イシュタールと申します……そう言いたかったのに、残念ながら言葉が出てこなかった。

（ああ、そうでした……！　自分で名乗れないのを忘れていましたわ……）

あれ以来、名乗る機会がほとんどなかったから完全に失念していた。これでは入れ替わりの説明ができない。

するとシェバは、何かを察したように顎に手を当てた。

「なるほど、随分複雑な魔法がかかっているね。名を名乗れないようにされている」

「も、申し訳ありません……」

「いや、構わないよ。名乗ってもらわなくてもわかるから。聖女のセレスティア・イシュタールさんだよね？」

「え……はい、そうです……！　それもわかってしまうのですか……？」

「わかるというか、情報を総合すれば何となく推測できるじゃない？　一ヶ月前、王宮でエブリンさんとセレスティアさんがトラブルになったって話は聞いていたし、立ち振る舞いも私が知っているエブリンさんと違うから。入れ替わっている人物なんて、セレスティアさん以外に考えられないよね」

もう一度こちらの全身を眺め、穏やかに微笑んでくれる。

「しかし、王宮で見ていたエブリンさんとは随分雰囲気が違うな。それはあなたがコーディネートしたのかい？」

「は、はい……」

「うん、とても可愛らしい。セレスティアさんは素晴らしいセンスをお持ちだね」

「あ、ありがとうございます……！　シェバ様にそう言っていただけるなんて、光栄の極みですわ……」

ぽっ……と頬を抑えていると、

「はぁ……そうですか……」

今度はロザリーがわざとらしく溜息をついてきた。

脱力したようにがっくり肩を落とし、チラチラとこちらを見てくる。

「あーあ……やっぱりアンタ、聖女セレスティアだったんですね……はぁ……」

「ご、ごめんなさい。驚かれましたよね？」

「……いや、驚いたというより、いろんな意味で気まずいというか。こんな大事なことをアタシに全く相談してくれなかったエブリンお嬢様にも、若干腹が立ってます」

「まあ……」

「じゃ、本物のお嬢様は今アンタの身体に入ってるってことですか？」

「は、はい……そうです」

「……そうですか。ったくもう……」

何度目かの溜息をつくロザリー。

そして眉を顰め、苛立たしげに小言を吐き始めた。

「ったくお嬢様は……いつも一人で突っ走って、後から大変なことになるんだから。てかアタシ、これからどう生活すればいいんですか」

「どう、とは？　今まで通りでいいんじゃないですか？」

「あのね、アタシはあくまでエブリンお嬢様の専属侍女なんです。アンタのお世話をする義理はないんですよ。それにアタシ、アンタの悪口結構言っちゃいましたし……。そんな人に世話されるのも気まずいでしょ」

「あら、わたくしはそんなの気にしませんわ。ロザリーは入れ替わりについて知らなかっただけですし、いただいた批評はわたくしの反省点として受け取っておきます」

「……アンタはそれでいいかもしれないですけど、アタシは気になるんですよ。敵だと思ってた聖女様の近くにいなきゃなんないとか、気まずくてどう対応していいかわかんないです」

「そうですか？　ロザリーは、今もわたくしのこと敵だと思ってらっしゃいます？」

ストレートにそう尋ねたら、ロザリーはふいと目を逸らした。

やや言いにくそうに口をもごもごさせ、こう呟いてくる。

「……や、そこまでではないですケド。アンタ、アタシやお嬢様が考えてた人物像とだいぶ違いますし。少なくとも、お嬢様を殺そうとはしてないってわかりました」

「はい、それは絶対にあり得ません。そもそもわたくし、レックス様との結婚なんて微塵も考えていませんから、エブリン様を亡き者にする理由がありませんわ」

「そうなんですか？　王宮内では『聖女を引退したらレックス様と結婚するつもり』みたいな噂が、事実のようにまかり通ってましたけど」

「それは誤解なんです……！　本当にわたくし、王妃になろうなんて考えたこともありません。わたくしの知らない間に噂に尾ひれがつきまくって、『エブリン様を暗殺しようとしている』なんて話にまで発展してしまったんです……！」

「……そんな必死に否定しなくてもいいですけど。要するにアタシもお嬢様も、周囲の噂に翻弄されていただけってことですか。おっかしいですねぇ……ちゃんと裏は取ったつもりだったのに」

やれやれ……とロザリーが長い息を吐くと、シェバが苦笑交じりにフォローしてくれた。

「噂の裏取りというのは意外と難しいものだよ。出所が不明なことがほとんどだし、渦中の人物に直接真相を確かめられないことも多いからね。特に王宮での噂話は眉唾物《まゆつばもの》のこともたくさんあるから、話半分に聞いておくのが一番かな」

「そういうシェバ様は、噂話の真相を確かめたくなることはないんですか？」

「私は魔法で本当のことを聞き出せるから、噂に左右されたことはないね」

サラッとそんなことを言えてしまうシェバに、ますます感動してしまった。

シェバは高度な白魔法だけじゃなく、「相手に自白させる」みたいな黒魔法まで使えるのか。大抵の魔法使いはどちらかしか使えないのに……本当にすごい。

（それにしてもわたくし、流れている噂に無頓着《むとんちゃく》すぎましたわね……。そんなことに構っていられないくらい忙しかったのもありますけれど）

その点に関しては、大いに反省したい。おかしな噂のせいで、多くの人に誤解を与えてしまった。

その誤解さえなければ、エブリンがこちらに魔法をかけてくることもなかったのに。

「ところでお嬢様方、今日は何故ここに？」

話題を変えるように、シェバが穏やかに尋ねてきた。

セレスティアは慌ててシェバに向き直ると、ぺこりと頭を下げた。

「申し訳ありません、勝手に塔に入ってしまって。シェバ様がこの塔にいらっしゃると聞いたので、どうしてもご挨拶したかったんです」

「……挨拶？　それだけ？」

「はい。わたくし、聖女時代からずっとシェバ様に憧れておりまして。シェバ様はわたくしの前に就任していた、伝説の聖導師様でしょう？　お会いする機会があるなら、会いたいなとずっと思っていたんです。でも何度訪ねても留守にしていらっしゃったので……いつお帰りになってもいいように、毎日塔の前で待っておりましたの」

「え、毎日？　ずっとこの近くにいたのかい？」

「はい、そこの川で釣りをしながらお待ちしておりました。今日は成果がありませんでしたが、小さなお魚さんなら今までに何匹か釣り上げましたわ」

そう言ったら、シェバは少し目を丸くした。

セレスティアは構わず続けた。

「そしたら、塔からドラゴンさんの鳴き声が聞こえましして。それで思わず、中に入ってしまいましたの。今思えば無礼の至りですが、いても立ってもいられなくて……。どうかお許しくださいませ」

「ああ、うん……まあいいけど。しかし、この子を見ても逃げないどころか逆にてっぺんまで追いかけてくるなんて、あなたも随分胆力があるね」

「だって全然怖くありませんでしたもの。そのドラゴンさん、悪い子には見えませんでしたし……わたくしがよく退治していた魔物とは全く別物だと思ったんです」

「へえ？」

と、シェバが横に控えているドラゴンに目をやる。

そしてこちらに笑みを向け、こう補足してきた。

「ちなみに、この子はファズというんだ。今後はそう呼んで欲しいな」

「ファズさんですか。よろしくお願いいたしますね」

「アギャス」

にこりと微笑みかけると、黒いドラゴン――ファズは軽く返事をしてくれた。随分人に慣れたドラゴンである。やはりシェバに飼われているだけあり、躾はきちんとしているみたいだ。可愛らしい。

「さて、そろそろ下に行こうか。せっかく会いに来てくれたし、お茶でも淹れてあげよう」

「ありがとうございます、嬉しいですわ」

シェバがファズを連れて螺旋階段を下りて行ったので、セレスティアもそれに続いた。

ロザリーは未だに複雑な顔のままだったが、それでも一緒についてきてくれた。

「そこにどうぞ」

一階のソファーを勧められ、セレスティアは浅く腰掛けた。

ファズはシェバから離れ、ソファーの横でおとなしく待機している。

「ふふ、いい子ですわね。シェバ様とのお付き合いは長いのですか？」

「アギャ……」

「わたくしもいつか、ファズさんみたいな可愛い使い魔を召還《しょうかん》してみたいです」

「………」

するとファズはぷいっとそっぽを向き、拗《す》ねたように寝そべってしまった。そんな仕草も愛嬌《あいきょう》があって可愛らしかった。

「どうぞ。私がブレンドしたハーブティーだよ」

シェバがトレーに乗せたティーカップを持ってきてくれる。ハーブの爽やかな香りが心地よかった。

「ありがとうございます。いただきますわ」

出されたハーブティーを一口味わう。香りはもちろん、味も爽やかで飲みやすかった。

今度シェバに、ブレンド方法を教えてもらおうか。

「それで……セレスティアさんは、これからどうするつもりなのかな?」

「どう、とは?」

「いつまでもエブリンさんと入れ替わっているわけにはいかないだろう? 瘴気のこともあるし、そろそろ彼女と連絡を取った方がいいんじゃないかな」

「そう、ですわね……。近いうちに手紙を書いてみようとは思っております。ただ、また以前のような生活に戻るのは、さすがにハードといいますか……。聖女はもう五年以上勤めましたし、そろそろ後任に引き継ぎたいと考えておりますの」

「五年か……。働き方にもよるけど、それだけ働いたら十分だと思ってもおかしくないかな。それで、後任はもう決まっているのかい?」

「いえ、それは……。わたくしが引退をほのめかしても、レックス様はいつも『お前の代わりはいない』と仰るので……」

「……ああ、なるほど。レックス様は相変わらず、自分の仕事を全くしていないみたいだね。らしいと言えばらしいけど、もう大人になったんだから少しくらい王族として働いてもいいのに」

「ええ、まあ……。ちなみに、シェバ様の時はどうだったのですか?」

そう話を振ったら、シェバは少し目線を落とした。苦い物を思い出すような、複雑な顔をしていた。

「私が聖導師に就任したのは、二十三歳の頃だったな。前任の聖女が引退するっていうんで、その後任に選ばれた。任命してくださったのは、今のレオポルト陛下だよ」

「まあ……国王陛下直々の任命だったのですか。さすがシェバ様ですわね」

「それほどでもないさ。で、五年くらい聖導師として働いた。私自身はもっと働けたんだけど……聖導師としてとある魔物を封印した時、致命的なミスをしてしまって」

「致命的なミス、ですか……？」

「呪いをかけられたんだ。私ではなく、そこのファズに」

「えっ……？」

セレスティアは寝そべっているファズに目をやった。

ファズはシェバの「おいで」の声に反応し、素直にシェバの横に場所を移した。

「この子はね、元は人間だったんだよ」

「えっ……そうなのですか？」

「そうさ。でも呪いをかけられて、こんな姿になってしまった。それもこれも、私が慢心して気を抜いていたから……」

シェバはファズを撫でながら、淡々と語った。

「私が対峙した魔物は、『厄災』と呼ばれる凶悪な魔物だった。完全に倒すことは難しかったから、パワースポットに祠を作ってそこに封印することにしたんだ」

「パワースポットの祠って……まさか、王宮の中庭にあったあの祠ですか？」

「そうだよ。今の王宮はパワースポットの上に建てられているからね。厄災を封印するのに都合がよかったんだ」

「そうなのですか……？　シェバ様の判断なら間違いはないのでしょうけど、王宮に厄災を封印してしまって大丈夫なのでしょうか？　何かの拍子で封印が解けてしまったら……」

「うん、もちろんその懸念はある」

シェバがそこで一度言葉を区切り、少し違う問いを投げかけてきた。

「セレスティアさんは、瘴気の正体が何なのか知っているかい？」

「い、いえ、それは……。定期的に湧いてしまうよくないもの、という認識しか……。申し訳ありません、聖女のくせに勉強不足で……」

「いいよ。ちなみに瘴気はね、人間の負の感情が集まって発生するんだ」

「負の感情、ですか」

「ああ。怒りとか恐れとか、妬みや憎しみもそうだね。そういう感情が一定数集まると、瘴気となって土地から噴き出してくる。だから人口の少ない田舎より、人の出入りが活発な街中の方が瘴気の発生率が高くなるわけだ」

「そうだったのですね……。しかしその理屈で言うと、レスター王国で一番瘴気が発生しやすいのは王都なのでは……？」

「その通り。王都の中でも、王宮は特に発生しやすい。あそこは、策謀が渦巻くドロドロの世界だからね。王国史を学んでみるとわかるけど、レスター王国は瘴気のせいで幾度となく都を別の場所に変えているんだ。それで先人たちが対策を研究し続けた結果、パワースポットの上に王宮を建てることで落ち着いたんだよ」

「なるほど……。王宮に教会が併設されているのも、それが理由だったのですか。何かあった時、すぐに対処できるように」

「そうだね。……とはいえ、そんな重要なところに厄災を封印していいのかって結構悩んだんだ。いくらパワースポットの上でも、王宮とは目と鼻の先でしょう？　万が一封印が解けてしまったら、王都は一瞬で瘴気に飲まれてしまう。だけど他の場所を探している時間もないし、一刻を争う状況だったから……。レオポルト陛下の推奨もあり、最終的に中庭に封印することになったわけ」

　個人的にはもっと別の方法をとりたかったんだけど……と、後悔を滲ませているシェバ。

　確かに天才聖導師と言われるシェバにしては、穴の多い策だと思う。そんな方法をとらざるを得ないほど、当時は追い込まれていたのか。

「それが七年前の出来事なのですね。ですがそんな大きな事件なのに、わたくしあまり覚えがないのですけれど……」

「そりゃそうだ。陛下が事件の詳細を発表しなかったからね。厄災はただの魔物じゃなく、瘴気を凝縮した塊《かたまり》なんだ。人の負《ふ》の感情が集まれば集まるほど強力になってしまう。そんな特徴があるのに、王宮の中庭に『厄災』が封印されているなんて世間に知れたら、それだけで人々の『恐れ』が溢れ出してしまうよ」

「た、確かに……」

「だから、詳しい事情を知っているのは一部の関係者のみ。あの祠が何かを知っている人も、王宮にはほとんどいないんじゃないかな。さすがにあのまま放置しておくのは不安だから、定期的に様子を見に行って浄化してるけどね」

「そうだったのですね……」

なら、セレスティアが定期的に祠を浄化していたのは正解だったのだ。直感で「ここは放置してはいけない場所だ」と思ったのは正しかったのだ。

「……話がズレたね。まあとにかく、急いで準備をしてさあ封印しよう……と思った矢先に呪いをかけられた。厄災は私を狙ったけど、ファズが庇ってくれたおかげで私は無事で済んだ。でも代わりにファズが……寝て起きたら、こんな姿に……」

「まあ……」

セレスティアは改めてファズを見つめた。

ファズは鳴いたり騒いだりすることもなく、おとなしくシェバの隣に控えている。

（なるほど……道理で、他のドラゴンとは雰囲気が違うはずですわ……）

　元が人間だったのなら、こちらに敵意がないのも頷ける。人に慣れているのも躾がしっかりしているのも、中身が人間だからなのか。ようやく納得できた。

　シェバは続けた。

「それで私は、聖導師を引退してこの子の呪いを解くことに注力することにした。後任は決まっていなかったけど、それを捜すのは王族の仕事だし……。私は私のやるべきことがあるから、さっさと辞めさせてもらっちゃった」

「えっ？　引き留められることはなかったのですか？」

「多少は惜《お》しまれたけど、強く引き留められることはなかったかな。陛下も、こっちの事情はご存じだったからね」

「じゃ、じゃあ業務の引き継ぎは……？」

「本当はした方がいいけど、絶対じゃないよ。現にセレスティアさんは、私から業務の引き継ぎなんてされなかっただろう？　一応、マニュアルは残しておいたけど」

「マニュアル？　そんなものがあったのですか？　わたくしが就任した時は、ほとんどゼロ状態で何が何だかさっぱりわかりませんでしたが……」

「あれ、そうなの？　おかしいな。急な引退になるから、後任が困らないように業務についてまとめた書類を残しておいたんだけど」

「……。いえ、今度教会に戻ることがあったら確かめてみます」

そう答えたものの、書類が残っている可能性は低い気がする。何も知らない修道女たちが捨ててしまったか、あったとしてもどこにやったかわからなくなっているだろう。

気を取り直し、セレスティアはシェバに話の続きを促した。

「しかしいざ呪いの研究をしようにも、魔法使いとドラゴンが都合よく隠れ住める場所なんて簡単には見つからない。実家に帰れれば一番よかったけど、さすがにドラゴンになっちゃった弟を連れて帰るわけにはいかないからね。そんなことをしたら母が卒倒してしまう」

「えっ……？　ファズ様ってシェバ様の弟さんだったのですか？」

「ああ、うん。言ってなかったっけ？　この子は私の十歳下の弟なんだ。魔法は使えないけど、剣士として私の護衛をやってくれていたんだよ」

「そうだったのですか。それなら、何が何でも呪いを解かなくてはなりませんわね」

「そうだね……」

シェバはファズの羽根を整えつつ、話を続けた。

「それで、どうしようかと思っていたところにバートン侯爵が声をかけてくれた。『新しく監視塔を建てる予定だから、そこを使わないか』ってね。『バートン侯爵領の穢れを定期的に祓う』って条件付きで、自由に使うことを許可してくれたんだよ」

「そうだったのですね……。バートン侯爵領にだけは出張したことがありませんでしたけど、そういうことだったのですか」

「うん。バートン侯爵も事情を知っていたから、助け舟を出してくれたんだ。周辺の瘴気を祓うだけで塔を好きに使わせてもらえるなら、安いものだよ。さすが、バートン侯爵は太っ腹だな」

羽根を綺麗にしたシェバは、今度はファズの鱗を丁寧にクロスで拭き始めた。

「ファズはね、本当に真面目ないい子なんだ。私の助手にはなれないけど、何とか私の役に立ちたいって。幼い頃はあまり身体も丈夫じゃなかったのに一生懸命剣術の稽古をして、そこらの衛兵だったら軽く打ち負かせるくらいに成長した。私が聖導師に就任した時も、『兄上の護衛でいいから側にいさせてください』なんて言い出してね。なんでそこまでするのかわからなかったけど、断る理由もなかったからそのまま護衛をお願いしたよ」

「そうなのですか。いい弟さんですね」

「うん。あと時々妙に勘が鋭くて、厄災を封印する時も早い段階で忠告してくれていたんだ。『兄上が天才なのは承知していますが、油断しない方がいいですよ』って」

「………」

「でも当時の私は、その……少し傲慢になっていたというか。この子の言うことをほとんど聞いていなかったんだ。仕事で失敗なんかしたことなかったし、第三者の助けもいらないと思っていた。……その結果がこれだ」

「シェバ様……」

「……後悔したよ。何でファズの言うことをもっと真剣に聞かなかったんだろう、って。ファズはいつも側で私を支えてくれていたのに、私は何をしているんだろう、ってね……。この子がこんな姿になってしまったのは、間違いなく私のせいだ。だから私は一生を費《つい》やしてでも、この子の呪いを解いてあげる義務があるんだよ」

「………」

セレスティアはシェバとファズを交互に見た。

シェバは苦い表情のままだし、ファズは相変わらず何も言わない。

でも、二人の間に強固な絆が存在しているのはわかった。シェバは弟を思いやり、ファズは兄を思っている。呪いがかかっていようが、お互い別の姿になろうが、そこには確かな絆《きずな》があった。

(何だか、ちょっと羨ましいですわね)

見た目に惑わされず、お互いのことを思い合える関係。そんな関係を築ける人が、世の中にどれだけいるだろうか。

エブリンと入れ替わって以来、ほとんどの人は外見だけで相手を判断してしまうのだとわかった。ドレスや髪型を変えただけで、態度をコロッと変える人が多いことも知った。

もちろん見た目は大事な判断材料になるけれど、それだけを重視して中身を全く見てくれないのも悲しい。

だからシェバとファズみたいな関係は、純粋に羨ましかった。二人がとても眩しかった。

「シェバ様。その呪いを解く研究、わたくしにも手伝わせてくださいませ」

「えっ？」

「わたくしも微力ながら、ファズ様の呪いを解くお手伝いをしたいです」

勢いのままそう申し出たら、シェバは目を丸くしてこちらを見た。ファズも首を持ち上げ、怪訝《けげん》な目で見てきた。

「うーん……気持ちは嬉しいけど、これは私たちの問題だよ。それにいつ解けるかもわからないのに、セレスティアさんを巻き込むわけには……」

「いいえ、構いません。お買い物や街歩きもやり尽くしましたし、わたくし自身、そろそろ次の目標を得て行動する時期かなと思っていましたの」

「そうなのかい？　でもあなたには、聖女の仕事がまだ残っているんじゃないの？」

「正式な引退はまだですけど、入れ替わりが解消されたらすぐに引退するつもりです。レックス様は引き留めてくるでしょうが、これ以上実績を積む意味もありませんし。誰が何と言おうと、絶対引退してやろうって決めましたから。なので、心置きなくシェバ様のお手伝いができますわ」

「そうかい？」

「聖女としては未熟ですが、少しでもお二人の力になれたら幸いです。いつかファズ様の、本当の姿を見せてくださいませ」

「アギャ……」

にこりとファズに向かって微笑みかけたら、彼は気まずそうに目を反らしてしまった。

次いでシェバに目を向けたら、少し戸惑いながらも穏やかに笑みを返してくれた。

「そこまで言うなら、少しお手伝いを頼もうかな。実は最近、周辺の瘴気発生率が上がっていてね。ちょっと時間が減って困っていたんだ」

「まあ、そうなのですか？」

「いや、もちろんすぐに祓えるから問題はないんだけど。ただ、私の留守中に調合して欲しい薬とか、調べて欲しい魔法陣なんかの作業をやっておいてくれるととても助かる。できる範囲でいいから、よろしく頼むよ」

「はい！　お任せくださいませ」

セレスティアはソファーに座り直し、ハーブティーをもう一度味わった。爽やかな味が身体に染み渡った。

「さて、そろそろ陽が暮れるかな。お嬢様方はお帰りの時間だ」

「あら、もうそんな時間ですか？」

首を捻って窓を見たら、西日が長く差し込んでいた。まだ昼間だと思っていたのに、時間が過ぎるのはあっという間である。

セレスティアはティーカップを置き、ソファーから立ち上がった。

ひとまず今日はお暇させてもらおう。明日からは忙しくなりそうだ。

「それではシェバ様、ごきげんよう。また明日参りますわ」

塔の前で、丁寧にお辞儀する。シェバも、ファズと一緒にお見送りしてくれた。

近くに停めてあった馬車に乗り、そのまま屋敷に帰る。

「ったく……アンタの言動には驚かされてばかりですよ」

馬車が動いた途端、ロザリーがやれやれと長い溜息をついてくる。

「そろそろアタシもついて行けなくなってきましたので、今後はアタシも自分勝手に行動していいですか？」

「ええ、もちろん構いませんよ。ロザリーの都合が悪いのであれば、明日はわたくし、頑張って一人で馬車を動かしてみせます」

「……。あの、今の嫌味だったんですけど」

「えっ？　どこがですか？」

「……。……や、もういいです。お嬢様の格好のままトラブル起こされても困るんで、アタシはちゃんとアンタを見張っていることにします」

「あら、そうですか？　では今後ともよろしくお願いしますね」

「はいはい……」

何だかますます呆れられてしまったが、ロザリーとの関係はこれからも変わらなさそうなので安心した。

セレスティアは満足げに微笑みつつ、夕陽が射す馬車に揺られていた。

5

それから二週間ほどが経過した。

セレスティアは監視塔の地下室で、シェバに頼まれた薬を調合しているところだった。

指定された材料を集め、それを手順通りに混ぜ込み、紙に書かれている魔法をかける。

この魔法は集中力が必要だから、失敗しないように丁寧に……。

「ギャアス！」

「きゃっ……！」

突然、部屋の隅にいたファズが大声を出したので、セレスティアはびっくりして飛び上がってしまった。はずみで調合していた薬がボン、と小爆発を起こした。

持っていたガラス瓶からもくもくと煙が立ち上り、薬そのものも黒コゲになってしまう。

（あぁ……失敗してしまいました……）

がくりと肩を落とす。一発で成功させたかったのに、なかなか上手くいかないものだ。

今度は誰かに驚かされても動じないよう、集中力増加のバフ魔法でも自分にかけておこうか。

「ファズ様、どうなさったのですか？」

彼に目をやったら、長い尻尾を鞭のようにしならせてしきりに自分の身体を叩いていた。

「ファズ様、落ち着いてくださいませ。そのように暴れては、近くの材料や道具が壊れてしまいます」

「違うんだ、鱗の間に小さな虫が入り込んで取れないんだよ。気持ち悪いから取ってくれないか」

「えっ？　あ、はい……」

セレスティアは言われた通り、鱗の間に侵入したゴマ粒くらいの小さな虫を箒《ほうき》で取り除いてあげた。

異物がなくなったファズはホッとしたように尻尾を下ろし、こちらに頭を垂れてきた。

「ありがとう、助かった」

「いいえ、お安い御用です。……って、あら？」

今更ながら重大な事実に気付く。

「ファズ様、お喋りできたのですか？」

「ん？　ああ……そうだな。今は調子がいいみたいだ」

「まあ、それはよかったですわね！　シェバ様も喜ばれますわ」

帰ってきたら報告しましょうね、と言ったのだが、何故かファズは浮かない顔をしていた。

「……いや、兄上には言わないでくれ。たまに少し喋れるようになるだけなんだ。一定時間が過ぎるとまた元に戻ってしまう。それでは意味がない」

「え……ですが……」

「……頼む。これ以上、兄上を失望させたくないんだ」

「…………」

何やら切実な雰囲気が漂っていた。ドラゴンの姿をしていても、真剣な表情をしていることが窺えた。

（シェバ様は失望なんてしないと思いますけど……ファズ様がそう仰るなら、仕方ありませんわね……）

セレスティアは人差し指を唇に当て、にこりと微笑んでみせた。

「わかりましたわ。このことは二人だけの秘密にしておきましょう」

「……ありがとう、セレスティア」

「ですが、その調子なら呪いが解けるのも時間の問題ですわね。魔法も呪いも、永遠に続くわけではありませんもの。近いうちに解けると、わたくしは信じております」

失敗した薬を片付け、新しく調合し直そうと材料を集め直す。ええと、この「天使の花《か》弁《べん》」とかいう薬草は、確かあっちの棚にあったっけ。俺はもう一生呪いが解けなくてもいいと思っているんだ」

「……どうかな。ここだけの話だが、俺はもう一生呪いが解けなくてもいいと思っているんだ」


そんな弱気なことを言い出すので、セレスティアは励ますように言った。

「諦めるのは早すぎますわ。シェバ様が今、一生懸命呪いの研究をなさっております。わたくしも微力ながらお手伝いしますし、ファズ様の呪いは必ず解けますよ」

「いや、そういうことじゃなくてな……。呪いが解けたら、この生活も終わってしまうだろ。それが少し、寂しくて」

「？　どういうことですの？」

「………………」

ファズは静かに床に座り込んだ。

セレスティアはあえて材料を集める手を止めず、耳だけそちらに傾けた。

「兄上はな……俺が呪いにかかる前は、俺のことなんて歯牙《しが》にもかけない人だったんだ。最初は期待してくれていたみたいだけど、どんなに頑張っても俺は魔法が使えなくて、挙句『お前は私の助手にはなれそうにないね』って失望されてしまい……。それ以来、兄上は俺のことを構わなくなった。俺は兄上みたいな魔法使いになりたかったから、それが本当に悔しくて……。しばらくは部屋に引きこもって泣いてたよ。『何で俺には魔力がないんだ』って、自分の生まれを恨んだりもしたな」

「ファズ様……」

「だけど、そうやって俺がウジウジしている間にも兄上はどんどん先に進んでしまう。いつまでも引きこもってばかりではいられない。だから魔法が使えないなりにも何とか認めてもらおうと、死に物狂いで剣術の腕を磨いたんだ」

「そうだったのですね……」

「……それでも、兄上の反応は微妙だった。半ば強引に護衛にしてもらったものの、護衛として側にいた時も『お前なんかいらない』ってのが態度に出ていて……。俺が剣士として一人前になっても、兄上が気にかけてくれることはなかった。兄上にとって必要だったのは自分の仕事を手伝ってくれる助手であって、護衛じゃなかったんだよな……」

「そんなことは……」

「でも俺が呪いにかかってドラゴンになったら、兄上はやっと俺に向き合ってくれた。今までまともに話すら聞いてくれなかったのに、自分から俺を気遣って話しかけてくれるようになったんだ。定期的に羽根や鱗のお手入れもしてくれる。……そのことが、俺にとってはすごく嬉しくて」

「…………」

「俺がドラゴンでいる限り、兄上は俺を邪険にしない。言葉でのコミュニケーションは取れないが、今の生活……実は結構気に入っているんだ」

「そうなのですか……」

肯定も否定もせず、セレスティアは話を聞き続けた。

ファズはしょぼん……とうなだれ、力なく呟いた。

「……でも俺が人間に戻ったら、兄上も元に戻ってしまう。俺のことなんて一切構わない人になってしまう。さすがにそれは、ちょっと寂しくてな。元の関係に戻るくらいなら、このままでいいかとたまに思ってしまうんだ……」

「ファズ様……」

「……こんなこと、兄上には絶対に言えないけどな。でも、内心は複雑なんだよ」

「…………」

ここで初めて、セレスティアは手を止めた。

そしてうつ伏せになっているファズに近寄り、彼の前にしゃがみ込む。

「大丈夫、シェバ様はファズ様のことを愛していらっしゃいますわ。これは絶対ですから、安心してくださいませ」

「？　何故そう言い切れる？　そんなこと、きみにはわからないだろう？」

「わかりますわ。シェバ様がファズ様を見る時の目は、慈愛に満ちていますもの。わたくしも聖女として、たくさんの人を見てきましたから。その人が口先だけで言っているか本心で言っているかくらい、ちゃんとわかります」

「…………」

「昔のシェバ様は、確かにファズ様の扱いが雑なところがあったのでしょう。でも今は、そのことを反省して改善していらっしゃいます。そうでなければ、何年も塔にこもって呪いの研究なんてしませんわ。ファズ様のことをどうでもいいと思っているなら、早々に諦めてどこか遠くへ旅立っていますもの」

「そう、かな……」

「そうですとも。だから、そのような心配は無用です。お二人の関係は、元の姿に戻っても変わりません。わたくしからすると羨ましいくらい、仲のいい兄弟ですわ」

「……ありがとう。そうだといいな」

ファズが小さく笑った。セレスティアにはそう見えた。

代わりにセレスティアも、にこりと微笑んだ。

「……すまない。きみの方がずっと年下なのに、愚痴《ぐち》みたいなことを言ってしまった。いい大人の男が情けないな」

「いえ、構いませんわ。時には、内に秘めた思いを吐き出したくなることもありますもの。普段は滅多なことを言えないのですから、言える時に素直な気持ちを口にした方がいいと思います」

そう言った後、セレスティアは「はて」と首をかしげた。

「というか、ファズ様は今おいくつなのですか？　ドラゴンの姿だと全くわからないのですが……」

「確か二十四……いや、五歳だったか？　呪いにかかったのが十八歳くらいだったから、その辺りだろう」

「え？　では十歳年上のシェバ様は……」

「三十五歳くらいか？　若作りだから、そうは見えないけどな」

「まあ……！　てっきり三十歳前かと思っておりましたわ。あの若さの秘訣は何なのでしょう？　特製のハーブティーかしら？　お帰りになったら教えていただかなければ」

そのためにも、頼まれた薬はきちんと調合してシェバに喜んでもらおう。

そんなことを考えながらウキウキと材料を集めていたら、ファズが呆れた声を出した。

「アギャァ……」

「あら？　お喋りタイムが終わってしまいましたか。残念ですわね。また喋れるようになったら、たくさんお喋りしましょうね」

「ギャス」

床から起き上がり、頷いてくれるファズ。

その後は薬の材料集めを手伝ってくれて、調合も見守ってくれた。今度は爆発させずに、きちんと魔法をかけられた。

「ただいま。遅くなってすまないね」

いつも通り屋上に降り立ったシェバは、丸く膨らんだ麻袋を下げて帰ってきた。

麻袋を渡されたセレスティアは、中に真っ白な葉っぱがたくさん詰まっているのを見て、目を丸くした。

「まあ、これはもしや白銀草《はくぎんそう》ですか？　こんなにたくさん、よく集められましたね」

「たまたま群生地を見つけたんだ。セレスティアさん、これを半分乾燥させて、半分は壺の中に入れておいてくれるかい？」

「はい」

早速セレスティアは麻袋の白銀草を半分に分け、片方は乾燥用のトレーに、残りは壺の中に入れた。

せっかくなので、ファズにもこっそり耳打ちしてあげる。

「白銀草って、呪いに効果的って言われている植物ですのよ。岸壁にしか生えない貴重なもので、集めるのも大変なんです。だからお帰りが遅かったんですね」

「グゥ……？」

「ね？　やっぱりシェバ様はファズ様のことを一番に考えていらっしゃるでしょう？　たくさん愛されていて、羨《うらや》ましい限りですわ」

「……アギャス」

ファズが照れたように頷いたので、セレスティアも穏やかに微笑んだ。

トレーと壺を地下に置いてきたら、シェバがいつものハーブティーを淹れてくれた。

セレスティアも屋敷から持参した焼き菓子を出し、みんなでお茶の時間にした。

「そう言えばシェバ様、最近お出掛けが増えましたわね。瘴気の発生が増えているのですか？」

「そうだね、以前よりサイクルが早くなっている。三日前に浄化したはずの場所にもう澱みが溜まってしまっているとか、退治したはずの魔物がまた現れたとか、そういう事象が増えてきた気がするよ」

「そう、なのですか……。やはり聖女の業務が滞っているせいで……」

「いや、そうとは限らないかな。私が引退してからセレスティアさんが聖女に就任するまで二年近く何もしてなかったけど、その時はこんなに土地が乱れることはなかった。……もしかしたら、祠の封印が少しずつ弱まっているのかもしれない」

「え？　祠って、定期的に浄化すれば封印が弱まることはないのでは……？」

「そのはずなんだけど、如何《いかん》せん封印されているものが厄災だからね。万が一の時のために、準備はしておいた方がいいかもしれない」

「準備と言っても……別の土地に封印することは可能なのですか？」

「いや、もう土地には封印しない。もっと別の小道具――それこそ、壺みたいに持ち運びできるものに封印するつもりだから、今のうちに素材を集めておくよ。何ならロベールに壺の制作を依頼してもいいかな」

「ロベール様……とは？　一体どのような方なのですか？」

「王都の外れで、魔法具店を営んでいる男さ。私の昔馴染みで、魔法具を作る腕は確かだよ。……性格はちょっとアレだけど」

「そうですか。それなら安心……いえ、何事もないのが一番ですが」

シェバがこれだけ苦心しているのだから、厄災は相当の脅威であるに違いない。

彼の話を聞いていると、セレスティアもこのままのんびりしていてはいけないような気がしてくる。

（いざという時のために、浄化魔法は使えるようにしておきたいですわ……）

今でも簡単な魔法なら使えるが、自分本来の力を発揮するためには身体の入れ替わりを解消する必要がある。

万が一の時に魔法が使えないのは致命的だから、そろそろエブリンに接触してじっくり話をするべきだろう。

そんな考えを見抜いたかのように、シェバがこう聞いてきた。

「エブリンさんには手紙を出してあるんだよね？」

「は、はい……。ですが今のところ、これといったお返事はなくて」

「そうかい。エブリンさんが何を考えているか私にはわからないけど、気になるなら一度教会に戻ってみるのもいいかもね。その身体のままじゃ、白魔法もあまり使えないだろうし」

「はい……」

「教会に戻りたくなったら、私に教えてね。イイ感じに姿を隠す魔法をかけてあげるから」

「あ……ありがとうございます。心強いですわ」

セレスティアはもう一度ハーブティーを味わった。

優しくいい香りが不安な心を少し搔き消してくれた。

◆　◆　◆

一方のエブリンは、自室でセレスティアからの手紙を読み返していた。

(なんでこんなに図太いの、この聖女様は……)

やれやれ、と溜息をつく。

まず直接手紙を寄越してきたことに驚いた。

中身を読んだら、思った以上に今の生活を楽しんでいるようで更に驚いた。

不満や怨み言が綴られていると思ったのに、「バートン侯爵領で楽しく過ごさせていただいています」って何よ？　お出掛けや買い物もやりたい放題やってる上、継母と義妹にもほとんど絡まれていないみたいじゃない。

実家に追い返せば嫌がらせや人間関係のストレスで頭おかしくなると思ってたのに、どういうことなの？　考えていたのと全然違うんだけど。

というか、これじゃレックスから粘着され続けている私が馬鹿みたいじゃない。一体何のために入れ替わったのよ……。

「セレス、返事は決まったか？」

許可していないのに、突然部屋にレックスが踏み込んできて、エブリンはぎょっと顔を上げた。

慌ててポケットに手紙を隠し、真顔で立ち上がる。

「勝手に入ってこないでください。ここは私の部屋です」

「固いことを言うな。どうせこれから夫婦になるんだから、お前の部屋は俺の物同然だろう」

「何度も申し上げますが、私はあなたと結婚するつもりはありません」

「お前こそ、そういう冗談はいらないと何度言ったらわかるんだ？　俺が選んだ女なんだから、いい加減覚悟を決めろ」

そう言って迫って来るので、エブリンはサッとレックスから距離を取った。

自分のことしか考えていない言動や思い込みが、今はひたすら気持ち悪かった。何が「俺が選んだ女」だ。女性を自分の所有物のように扱うな。

さすがにイライラしてきたので、エブリンは口から出まかせを言った。

「実は私、別の男性と結婚することになりましたの。だからレックス様とは結婚できません」

「は……？」

「近いうちに聖女も引退して、結婚相手の実家に引っ越す予定です。今更プレゼントを用意しても無駄ですから」

「な、んだと……？　そんなの話が違うだろう！」

「何も違いません。私は最初からレックス様と結婚する気はないと、何度も申し上げております。レックス様がそれに耳を貸さず、暴走していただけです」

「…………」

「レックス様は従来通り、エブリン様と結婚してください。そしてここは私の部屋なので、さっさと出て行ってください」

冷たくそう言い放つと、レックスはわなわなと震え出した。拳《こぶし》を固め、ブツブツと何かを言っている。

「……さない……」

「は？」

「許さないぞ、そんなこと！」

そう叫んだかと思った次の瞬間、レックスがこちらに襲い掛かって来た。

いつもの鞭を振り回すのかと思いきや、いきなり胸倉を掴まれ、後ろにあったベッドに突き飛ばされてしまう。

「きゃっ……！」

間髪入れずにのしかかってこられて、上から押さえつけられた。

レックスは怒りを剥き出しにしたまま、至近距離で怒鳴ってきた。

「今までどれだけお前に時間と金を費やしたと思ってるんだ！　その上、俺の求婚を断って別の男に乗り換えようって言うのか!?　そんな勝手なことが許されるはずがないだろ！

その男とは今すぐ婚約破棄しろ！」

「ちょっとレックス……」

「せっかく我慢してやっていたのに調子に乗るな！　お前が『うん』と言わないなら、先に既成《きせい》事実を作ってやる！」

「はあっ!?」

「お前は俺が選んだんだ！　俺から逃げるなんて絶対に許さない！　素直に俺のものになれ、聖女セレスティア！」

そう怒鳴りつつ、こちらのスカートを捲ろうとしてくる。

さすがのエブリンも、それで頭が真っ白になった。

「やめてよ、気持ち悪い！」

エブリンは防衛本能のままに、レックスの急所を思いっきり蹴り上げた。

「ぐぎゃっ……！」

潰れたような声を発し、思いっきり仰《の》け反《ぞ》るレックス。

そんな彼を乱暴に突き飛ばし、エブリンは急いでベッドから起き上がった。

まだ心臓がドキドキしていたが、何とか気力を掻き集めて彼を怒鳴りつけた。

「何が既成事実よ！　あんたがやってることはただの暴力じゃない！　自分勝手な振る舞いも大概にしなさいよ、このクズ野郎が！」

「ぐ、ぎ……」

渾身の一撃を受けたレックスは、未だに床に倒れて悶《もだ》えていた。エブリンの叱責《しっせき》は耳に入っていないようだった。

（もう我慢できない！　これ以上ここにはいられないわ！）

エブリンは大急ぎで聖女専用馬車に飛び乗り、教会を離れた。

身体が小刻みに震え、少し涙も滲んできたが、気のせいだと思い込むことにした。

6

その日の昼下がり、セレスティアはいつものように監視塔でシェバの留守を預かっていた。

今日は先日シェバが集めてきた白銀草をすり潰し、お茶や薬、軟膏《なんこう》に加工する下準備を行うのだ。セレスティアにできるのはすり潰すところまでだから、そこまではシェバの留守中にしっかり終わらせておきたい。

「アギャ……？」

石臼の前で「さて、やるか」と気合いを入れていたら、ファズが首をもたげてドアの方を見た。何かの気配を感じたようだった。

「ファズ様、どうなさったのですか？」

「ギャス……」

「外に何かあるのですか？　ちょっと様子を見てみましょうか」

「グゥ……」

ファズは、やや心配そうに様子を窺っている。

お客さんだったら姿を隠さなければならないし、変な人だったら自分が出て行ってセレスティアを守らなければ……と考えているらしい。見た目がドラゴンでも中身は頼もしい剣士のようだ。

「えっと……」

とりあえずドアの外に出て、周りを見渡してみる。

すると、遠くの方から一台の馬車が結構なスピードで近づいてくるのが見えた。

（え、あれは……？）

見覚えのある白い馬車。かつて自分も、出張のために毎日乗っていたものだ。

まさか……と思って動きを追っていると、案の定馬車は監視塔の前で停まり、中から白いフードローブを身に付けた女性が降りてきた。

その姿は、本来のセレスティア・イシュタールそのものだった。

「エブリン、様……？」

「あんた……セレスティア、ね。随分見た目を変えてくれちゃって……楽しそうで何よりだわ……」

馬車に寄りかかるように立っているエブリン。以前より見た目がみすぼらしくなり、全体的にげっそりしているようだった。

大丈夫なのか心配していると、エブリンがふらりと足元をぐらつかせた。

「あっ……エブリン様、しっかり！」

慌てて駆け寄り、身体を支えてやる。自分の身体を自分で助け起こすのは、何だか新鮮な気分だ。

「だ、大丈夫よ……。ちょっと気が抜けただけ……。何でもないわ……」

「何でもないはずがありませんわ。とても疲れた顔をしていらっしゃいますもの」

「………」

「とにかく中で休みましょう。お茶とお菓子をご用意しますから。ね？」

エブリンを塔の中に案内しつつ、セレスティアは早速いつものハーブティーを淹れた。

お茶をじっくり蒸らしながら、チラチラとエブリンの様子を窺う。

(何だか、ただ疲れているだけではないような気がしますわね……。何かショックなことでもあったんでしょうか……)

とにかく詳しく話を聞く必要がありそうだ。こちらも、エブリンに話したいことがたくさんある。

「どうぞ。シェバ様の特製ハーブティーですわ。気持ちがとても落ち着きますのよ」

「………」

「あっ、変なものは入っていませんので安心してくださいませ。何ならわたくし、先に毒見いたします」

自分用に入れたハーブティーを、一気にぐいっと飲み干してみせる。

それを見たエブリンは、若干呆れたような顔を向けてきた。

「……いや、今更そんな心配してないけど。というか、シェバ様のハーブティー？　あんた、勝手に淹れちゃっていいの？」

「大丈夫ですわ。シェバ様はそんなことで怒りませんから。……ねえ、ファズ様？」

「ギャッス」

もちろんだ、とでもいうかのように、ファズが大きく頷いてくる。

エブリンは少し戸惑っていたが、やがてティーカップに視線を落とし、呟くように言った。

「……そう。ならいただくわ」

「はい。一緒にこちらの焼き菓子もどうぞ」

と、街の製菓店で購入したクッキーやマドレーヌを皿に乗せて出す。

セレスティアももう一度自分のカップにお茶を注ぎ、エブリンの向かい側に座った。

しばらくは沈黙が続いたが、やがてエブリンが消え入るような声で呟いた。

「……悪かったわね」

「え……」

「私、焦っていたの。あいつ……レックスのやつ、成人してからもずっと結婚式を挙げずに先延ばしにして……。それを咎めても、いつも逆ギレしてきて話にならないから……」

「…………」

「そんな状況なのにあいつ……急にあんたを聖女に任命して、以来毎日教会に通うようになって……。自分の義務なんて何一つ果たさないあのクズ野郎がよ？　これは明らかに婚約者を変更するつもりだってわかった……。このままじゃ私、いずれ亡き者にされるって思ったわ……」

「いえ、エブリン様……神に誓って申し上げますが、わたくし決してそのようなことは」

改めて誤解を解こうとしたら、エブリンはちらりとこちらの顔を見た。

そして小さく肩を落とし、深い息を吐いた。

「……そうね、今ならそんなことあり得ないってわかる。あんたと入れ替わって痛感したけど、あんた全然レックスに愛されてないもんね。レックスに取り入った女だからもっとイチャイチャベタしていると思ったのに、イチャイチャどころか怒鳴られたり見下されたり脅されたりしてばかりなんだもの。『愛してる』みたいな言葉は一度も言われなかったし、少なくとも寵愛されている感じは全くしなかった。ただレックスの『都合のいい女』として扱われているだけだったわ」

「ええ、まあ……その評価は概《おおむ》ね正しいと思います」

「そんな扱いをされてるのに、わざわざレックスと結婚したがる女なんていないわよね。いくら王妃としての権力が狙いだったとしても、聖女から王妃へ立場が変わるだけで扱いはほとんど変わらないでしょ？　私を暗殺してまでやることじゃない。そんなリスクを負うくらいなら、もっと安全な――それこそ公爵レベルの大貴族の正妻に収まってしまった方が、よっぽど自由に贅沢できるはずよ」

「そ、そうですね……」

まあわたくしは、そこまで贅沢には興味ないのですけど……と、心の中で付け加える。

エブリンは続けた。

「……私だって、王妃という権力が約束されていなかったら、あんなクズ野郎との結婚なんて絶対に御免だわ。好悪で言うなら、蕁麻疹が出そうになるくらい嫌い。世間では『顔がいい』ってもてはやされているみたいだけど、今はもう……あいつの顔を見るだけで拒絶反応が出るようになっちゃった」

「そ、そうなのですか……？　そこまで好感度が下がるということは、余程のことがあったのですね……」

政略結婚に、お互いの感情が入り込む余地はない。

とはいえ、そこまで相手を毛嫌いするのもなかなか珍しいのではないだろうか。

野蛮なレックスが優秀なエブリンを疎ましく思うのはわかるにしても、エブリンはレックスの能力を承知した上で婚約したはず。今更「野蛮だから」という理由で嫌いになるのもおかしい気がする。

するとエブリンはふっ……と鼻で笑い、やや自嘲気味に言った。

「……なんで私がここに来たかわかる？」

「え？　わたくしの手紙を読んでくださったからではないのですか？」

「それもある……けど、決定打はそれじゃないわ。あいつの求婚がしつこすぎてウザかったから、出まかせを言って断ったの。そしたら逆ギレされて、力ずくで襲われかけたのよ」

「……えっ？　今なんて……」

「だから……あいつ、私を聖女セレスティアだと思って強引に関係を持とうとしてきたの。理不尽にブチ切れて鞭を振り回すところは何度も見てきたけど、まさか未婚の女性を襲おうとするとは思わなくてね……。さすがに気持ち悪すぎてドン引きしたわ」

「……！」

「……でも安心して、あんたの身体はちゃんと守ってあげたから。聖女らしからぬ反撃だったけど、あれくらいやったってバチは当たらないでしょ」

「…………」

「ああ……まったく、思い出すだけでも吐き気がするわ。ホンットに気持ち悪い」

自分自身を抱き締めるように、両腕を擦っているエブリン。心なしか、顔も青ざめているようだった。必要以上に疲れているように見えたのは、それが原因だったのか。

そう思ったら、腹の底から怒りが湧いてきた。メラメラと血が沸騰し、自分でもびっくりするくらい腹が立ってくる。

「ゆ、許せませんっ！　レックス様はそんなことまでしてきたんですか!?　わたくしに嫌がらせをするだけならともかく、エブリン様にまで……！　そんな獣《けもの》じみた方は国王になる資格はありません！　王太子様失格です！」

「……いや、何であんたが怒ってるのよ。襲われたのは私で、あんたの身体は無事だったのよ？　あんたには関係ないじゃない」

「関係ありますわ！　だってエブリン様を傷つけたんですよ!?　確かにレックス様は前々から野蛮な振る舞いが目立ちましたけど、やっていいことと悪いことがあります！　今度ばかりは擁護《ようご》できません！　見損ないました！」

「だから、何でそこまで怒ってんの？　嫌な目に遭ったのは私なんだから、あんた的にはむしろ喜ぶところじゃないの？　勝手に身体を入れ替えた罰だとか、いい気味だとか、そういう風には考えないわけ？」

そんなことを言われたので、セレスティアはしっかりした口調で言い返した。

「考えるはずないでしょう。だってわたくし、エブリン様には心から感謝しているんですよ？　望んでも得られなかった休日を与えてくれましたし、豊かな土地でのんびり、悠々自適に生活させていただけました。シェバ様とも知り合えて、助手として働くこともできています。わたくし、エブリン様になれて本当に幸せでしたわ」

「……………」

「そんな恩人を傷つけるなんて、例えレックス様でも許せません！　いえ、レックス様だからこそ許せません！　レックス様は将来国王陛下になられるのでしょう？　ならば、そのような野蛮な行動は慎むべきです。それを何ですか。強引に関係を……だなんて、そんな、はしたない……！」

想像するだけでぞっとする。

お互い合意の上だったらともかく、無理矢理襲い掛かるなんてレックスは何を考えているのだろう。そんなことをしても、相手に嫌われるだけなのに。

セレスティアはソファーから立ち上がり、エブリンの隣に腰を下ろした。

そして硬く握っている彼女の手を優しく包み、慰めるように言った。

「大変でしたわね、エブリン様。しばらくは教会を離れてゆっくりしましょう。レックス様とも距離をとった方がいいと思います」

「セレス……」

「しばらくはお屋敷で一緒に暮らしましょう？　大丈夫です、バートン家のお屋敷にはたくさんのお部屋がありますから。いくらでも寝泊りできますわ」

「そんなのわかってるわよ。誰の屋敷だと思ってるの」

そう言ったエブリンの声には、少しだけ笑みが混じっていた。

エブリンがハーブティーを全て飲み切ったことを確認すると、セレスティアはその手を取って立ち上がった。

「さ、エブリン様。わたくしとお出掛けしましょうか」

「は？　出掛けるってどこに行くのよ？」

「すぐそこの街ですわ。素敵なブティックやアクセサリーの出店もありますの。一緒に見て回りましょう」

「はあ？　何で私が？　そんなの興味ないわよ」

「いいではありませんか。気晴らしも必要ですわ」

「だから、それは私の気晴らしにならない……」

「それに、その身体は本来わたくしのものです。わたくしが元に戻った時に、そんなボロボロの見た目では残念すぎます。エブリン様の変身はもう済んでいますから、今度はわたくしの番ですわ」

エブリンを言いくるめ、ファズに塔の留守番をお願いし、セレスティアは早速街歩きに出掛けた。

エブリンは諦めたようについてきてくれたが、道中何度もこんなことを言われた。

「……あんた、意外と強引よね」

「あら、そうですか？　でも、久しぶりに街歩きすると楽しいでしょう？」

「楽しいというか、新鮮ね。領地の様子を見たのなんて何年ぶりかしら」

「バートン侯爵領は、シェバ様が定期的に浄化してくださっているのでとても綺麗なんです。領民の皆さんも活き活きしていて、絵に描いたような理想の土地なんですよ」

「……なんか、私よりあんたの方がよく知ってるわね。よっぽど頻繁に街歩きしてたんでしょう」

「ええ、あちこち見て回るのが楽しくて。エブリン様も、一緒に見て回ればすぐに楽しさがわかりますわ」

「そう、ね……。楽しいかはともかく、たまには自分の目で領地をチェックするのも悪くないかもしれないわ」

セレスティアはまず、エブリンをブティックに連れて行った。

そこの店員にエブリンを紹介し、

「この方を可愛らしくコーディネートしたいんです。似合いそうなドレスを持ってきてくださいませ」

……とお願いした。

店員は快く承り、店にある明るい色のドレスをたくさん持ってきてくれた。

「ふふ、綺麗なドレスがたくさんありますね。どれにしようか、迷ってしまいますわ。エブリン様はどの色が好みですか？」

「どれでもいいわよ……。あんたの身体なんだから、あんたが好きなものを選びなさい」

そう言われたので、セレスティアはエブリンを鏡の前に引っ張り出し、赤やピンク、チェック柄、花柄等、様々なデザインのドレスをとっかえひっかえした。

「うーん……やっぱりピンクよりブルーの方がいいでしょうか。それともこっちのエメラルドグリーン？　シンプルに黒というのも悪くないですけど」

「あんたね……こんなドレスにいつまで時間かけてるのよ。どれでもいいからサッと決めちゃいなさい。ドレスなんてどれでも同じなんだから」

「あら、そんなことはありませんわ。自分に似合う色とか、デザインはどうとか、動きやすいかどうか等、考えることはたくさんありますのよ。それに、エブリン様だって見た目が可愛くなった方が嬉しいでしょう？」

「そうでもないわ。『男に媚びてる』とか『色気づいてる』とか、文句ばかり言われちゃうもの。可愛くしてもメリットはないのよ」

「え……」

「変なやっかみを買うくらいなら、私はダサいままでいいの」

そう言われ、セレスティアは小さく息を呑んだ。

（ああ……そういえば、エブリン様のお継母様と妹さんは『男性に媚びてナンボ』という考えの持ち主でしたっけ……）

エブリンは、継母＆義妹と相性が悪い。二人が父親（バートン侯爵）に媚びて一族に入ってきたから、なおさら反発する気持ちが強いのだろう。絶対に二人のようにはなるまいと、やや意固地《いこじ》になっているのかもしれない。

だから余計に、「おしゃれ＝男に媚びる」という考えに偏っているのだ。

「……エブリン様の気持ちは理解できますわ」

セレスティアは一度同意しつつ、諭すように言った。

「ですが、おしゃれは誰かのためにするものではありません。自分が嬉しくなるからするんです。他人にとやかく言われる筋合いはありませんわ」

「それがわかっているヤツは、最初から文句も何も言ってこないのよ。それに綺麗になったらなったで、変な男が寄ってきてウザいの」

「まあ、エブリン様はとてもお綺麗ですからね。新しいドレスを着て髪型を変えた日には、街を歩くだけで男の人が振り返るくらいでしたのよ。わたくし、鼻高々《たかだか》ですぐさまエブリン様にご報告に行きたいくらいでしたわ」

「……いや、だからそれがウザいんだってば」

「お継母様と妹さんも、最初はこちらを思いっきり見下していたのに、ドレスや髪型を変えてからは絡まれることもなくなりましたの。エブリン様があまりに美しくなったから、お化粧やドレスだけでは到底敵わないと認めてくださったのです」

「……はあ？　あいつらが私を認めたの？　さすがにそれは嘘じゃない？」

「とんでもありません。見た目が変わりすぎて、最初は『知らない女だ』と誤解されてしまったくらいですもの。もうわたくし、嬉しくて嬉しくて。やっとエブリン様の魅力を最大限に引き出すことができて、とっても満足でしたのよ」

「……。……楽しそうよね、あんた。髪型や服装を変えるだけでそんなに浮かれることができるなんて、ある意味羨ましいわ」

　呆れた様子のエブリン。

　セレスティアは首をかしげ、素直な疑問をぶつけた。

「エブリン様は、この格好がご不満ですか？　元のえんじ色のドレスの方がお好きなのでしょうか？」

「それは……」

「いえ、責めているわけではないのです。エブリン様がわざと目立たないような外見にしているのなら、それでもいいと思います。元の身体に戻った時に、お化粧やドレスも元に戻してくださいませ」

「…………」

「ですが、今はお互いに身体を交換している状態です。普段できないことを楽しんでもいいのではないでしょうか。エブリン様がおしゃれをしてくだされればわたくしが嬉しいですし、わたくしが綺麗になれば褒められるのはエブリン様です。お互い、いいことづくめではありませんか？」

「……。まあ、あんたの言うことも一理《いちり》あるわね」

「では、エブリン様も一緒にドレスを選びましょう？　こっちの胸元にフリルがついているものはいかがですか？」

「これは動く時に邪魔になるから、もっとシンプルなデザインの方がいいわ」

そうして二人であぁでもないこうでもないとドレスを厳選し、結局明るい黄色のシンプルなドレスを購入した。

その後は、美容室にも行って髪を整えてもらった。枝毛でパサパサになっていた銀髪が艶やかなセミロングに変わったので、セレスティアは非常に満足だった。

「ああ、久しぶりのおしゃれですわ……。まるで生まれ変わったかのようです。我ながら素晴らしい出来ですわね」

「……何それ。あんた、自分の容姿にえらく自信があるのねぇ？」

「いえ、自分の好きなようにおしゃれができて嬉しいだけですわ。聖女として教会にいた頃は、本当に五年間休みなしでしたし。ようやく髪のお手入れができて嬉しいんです」

「……まあ、そうね。あの状況じゃ、休みなんてもらえるわけないわよね」

「でも、その格好ならいつ入れ替わりが解消しても恥ずかしくありませんわ。これでいざという時も安心ですわね」

「そこ？　あんたのこだわりはよくわからないわね……」

　その後も、化粧品のお店で綺麗に化粧を施したり、髪飾りや帽子を購入したり、新しい靴を見て回ったりした。

　結構な買い物になってしまったが、遠慮せず欲しい物を買いまくれてとても楽しかった。

「はあ……やっと休憩できた」

　カフェのテラス席に腰掛けた途端、エブリンが深い溜息をつく。

「こんなにあちこち連れ回されたのは初めてよ。あんた、ホントにやりたい放題やってるわね」

「あら、ご迷惑でしたか？　気晴らしになればと思ったのですが」

「……まあ、なったけど。自分で街を歩き回って買い物とか、何年ぶりかしら」

「エブリン様は、幼い頃からずっと王宮住まいだったんですよね？　気晴らしには何をなさっていたのですか？」

「さあ……何かしらね。少なくとも、お出掛けしたり買い物したり……みたいな気晴らしはした覚えがないわ。強《し》いていうなら、自室で叫ぶことくらいかしら」

「さ、叫ぶ……ですか？」

「ええ、ストレスが一定以上溜まったら定期的にね。特にレックスは昔からクズ野郎だったから、それに関するストレスが一番多かったわ。ちょっと意見しただけですぐに『生意気だ』って逆ギレしてくるし、ストレートに『お前なんか大嫌いだ』って言われたこともあったかしらね」

「まあ、そのようなことまで……？　それはさすがに酷《ひど》すぎますわ」

「……いいの。私だって、男に好かれるタイプじゃないのはわかってるから。大抵の男は、私みたいに我を強く持ってる女は嫌いだものね。何でも自分の言いなりになる、お人形みたいに綺麗で大人しい女性が好まれるのよ」

「そんなことは……」

「もちろん、全員がそうとは言わないけど……でも、身分の高い男ってそういう傾向が強いの。なまじ権力を持っているせいで、何でも自分の思い通りにしないと気が済まないというか。で、そういう男はほとんどが女性を下に見てて、『女は自分に従うもの』って思い込んでる。あんたも、レックスの言動を見ていればわかるでしょ？」

「え、ええ、まあ……」

「ったく……自分はポンコツのくせに偉そうにね。そんなに私が生意気だっていうなら、もっと努力して追い抜いたらどうなのよ」

エブリンが、苛立たしげに運ばれてきた紅茶に口をつける。

セレスティアもティーカップを持ち上げながら、改めて核心に踏み込んだ。

「あの……エブリン様は、わたくしと入れ替わって何かやりたいことがあったんですよね？　目的は達成できましたか？」

「そう、ね……。入れ替わりの目的は達成できたと思うけど……本当の目的はまだ道半ばよ。私が生きているうちには叶わないかもしれないわ」

「え、そうなのですか……？　よろしければ、詳しいことをお聞かせ願えません？　わたくしも、できることならお力になりたいです」

「………………」

エブリンはティーカップを置き、一息ついた。

そして真っ直ぐにこちらを見て、ハッキリした口調で答えた。

「努力している女性が、理不尽に見下されない世の中にしたいの」

「はい……？」

「もっと言えば、真面目な女性がきちんと評価される世界にしたいってところかしらね」

「ええと、それは……？」

曖昧な顔をしていると、エブリンが少し視線を落とした。

「さっきも言ったでしょ？　貴族社会における女性の地位って、びっくりするくらい低いの。男は比較的自由に生きられるのに、女に生まれた途端一気に制限がキツくなる。何せ、将来は結婚して跡継ぎを産むことを強要されるからね。そんなことが当たり前にまかり通ってるせいで『女なんて、跡継ぎを作ってくれれば何でもいい』とか、ものすごく失礼なことを言われたこともあるんだから」

「そ、そんなことを言ってくる人がいるんですか？　冗談ではなく、本気で……？」

「いるわよ、いっぱい。レックスも大概だけど、それと同レベルでクソな男はたくさんいるの。まあ、そういうヤツに限って頭空っぽの能無しであることが多いんだけど」

「…………」

「とにかく、私はもうそんな環境まっぴらなのよ。無能な男に見下されるのも、女であることを軽んじられるのも、努力を笑われるのも、もうたくさん！　だから、どうにかしてこの環境を改善しなきゃと思った。もちろん、今の状況に甘えている女性の意識も少しずつ変えていかないといけないわ」

「女性たちも……ですか？」

そう聞き返すと、エブリンが苦い顔で続けた。

「あんたも、あの継母や義妹と話したことあるでしょ。だったらわかるはずよ。『男に媚びを売って、上手く結婚できれば勝ち組』って考えている女性もいるってこと」

「ああ、そういえばそんなことを仰っていましたね……」

「まあ、あいつらはちょっとあからさますぎるけど、『女は結婚して男に守ってもらうもの』っていう価値観が蔓延しているのは事実ね。私も『勉強するくらいなら、男を喜ばせるテクを身につけなさい』って、何度馬鹿にされたことか」

「エブリン様……」

「でもね、それってすごく危険な思想だと思うの。結婚した男が生きている間は、悠々自適に暮らせるでしょうよ。だけど旦那が急に事故や病気で亡くなって、自分一人残されたらどうするの？　跡継ぎがいなかったら？　その時点で人生詰んでいると思わない？　再婚しようにも、その時点では初婚より歳をとっちゃってるから嫁ぎ先も激減してるわ。いくら男を喜ばせるテクがあったって、それじゃ自分の腹は膨れないの。野垂《のた》れ死ぬのを待つしかないのよ」

「確かに……」

「だから私は、何としても王妃になって国の根本から変えてやろうと思った。まずは女性にも男性と同じ教育を受けさせる。男に嫁ぐための花嫁修業じゃなく、男と対等に渡りあっていける教養を身につけさせるわ。そして優秀な女性はどんどん社会に進出してもらう。そうやって無能な男たちを淘汰して、女性への価値観を改めさせるの」

「まあ……」

「それをするためには、この国で一番権力を持てる女性になるしかない。だからレックスに嫌われていようが何だろうが、絶対に王妃になってやろうって決めたのよ。一生懸命努力している女性が笑われる世の中なんて、どう考えたって間違っているもの」

「エブリン様……」

思った以上に壮大な理想を聞かされ、セレスティアはまじまじとエブリンを見た。

レックスを愛していないにも関わらずひたすらに王妃を目指していたのは、そういった夢があったからなのか。

確かにそれならレックスの愛情など度外視でいいし、夢のために努力しているのも頷ける。

素直に感心していると、エブリンがじっとりと視線を向けてきた。

「何よ？　夢見がちな理想論だとでも思ってる？」

「いえ、とんでもありませんわ。むしろかっこよくて感動したというか……。自分の夢をしっかり持って、それに向かって突き進む……誰に何と言われようと、めげずに努力し続ける……。本当に尊敬してしまいます」

「それだけ悔しい思いをしてきたってことよ。私みたいな女性はまだまだたくさんいるからね。そういう人が少しでも泣き寝入りをしないように、っていうのも大きいわ」

「立派な動機ですわ。わたくしなんて、自分の夢などロクに考えたことがありませんもの。

しばらくはシェバ様のお手伝いをさせていただくつもりですけれど、聖女を引退した後はどうなるかわかりません」

「……ま、みんながみんな盛大な夢を抱く必要はないけどね。意中の男性と結婚してその人に一生涯尽くすってのも、ある意味立派だと思うわよ」

そう言いつつ、エブリンは補足するようにこう付け足した。

「でもあんた、どうせ結婚するなら『あれはダメ』、『これはダメ』って束縛してくる男は絶対にやめときなさい。自分のやりたいことが見つかった時、反対されちゃうからね。間違っても、クズな男に丸め込まれないように」

「はい、肝に銘じておきますわ」

そう笑い、セレスティアもお茶を飲んだ。

シェバのハーブティーとはまた違った味わいだったが、歩き回った後だったのでとても美味しかった。

◆　◆　◆

「くそっ！　くそっ！　くそっ！」

こめかみに青筋を立てながら、レックスは王宮の中庭を突き進んだ。

（セレスティアめ……前は扱いやすいいい女だったのに、急に生意気になりやがって！）

あれだけプレゼントや差し入れをしてやったのに、この態度。

仕事はしなくなるわ、反抗的なことばかり言うわ、挙句の果てにこちらの求婚を断ってくる始末だ。

（俺は王太子だぞ！　そんな人から求婚されたら、普通の女は泣いて喜ぶものだろう！）

こんな優良物件はないし、考える余地なんてないはずだ。それなのに、どうして断られてしまうのだろう。意味がわからない。

しかもただ断るのではなく、「他の男性と結婚します」などとぬかしてきた。

つまりセレスティアは、王太子の自分より遥か格下の一般貴族を選んだということだ。

それはレックスにとって決してあってはならないことであり、最大の侮辱《ぶじょく》であった。

（絶対に許さないぞ、あの女！　ただの聖女のくせに、調子に乗りやがって！）

あまりに腹が立ったので、今日という今日はきちんと立場を教えてやろうと思った。ただ鞭で打つだけでは生温かったから、女にとって最も屈辱的な罰を与えようとした。

だがベッドに押さえつけた途端、セレスティアはこちらの急所を蹴り飛ばして反撃してきやがった。

さすがにあの一撃は強烈すぎて、しばらく意識が朦朧《もうろう》として立ち上がることができなかった。

その間に彼女は教会から逃げ出し、行方をくらましてしまったのだ。

（こうなったら徹底的にやってやる……！　俺をコケにしてタダで済むと思うなよ！）

手始めに、王宮の中庭にある小さな祠を破壊してやる。

何のための祠なのかわからないが、セレスティアが丁寧に浄化していた場所だ。壊してやればいい嫌がらせになるだろう。

レックスは近くにいた衛兵を無視し、ドカドカと祠に近づいた。

「レ、レックス様!?　一体何をなさるおつもりで……」

「セレスティアが生意気だから、罰として祠を壊してやるんだ。セレスティアめ……例え教会から逃げても、俺からは逃げられないぞ。絶対に連れ戻して、二度と逆らえないよう一から教育し直してやる。覚悟しておけ！」

怒りに任せ、レックスはいつもの鞭を振り上げて力いっぱい振り下ろした。

バシッと小気味よい音がして、鞭がぶつかった部分が細かく砕けた。

少しスカッとしたので、もう一度鞭を振り上げようとした次の瞬間、

「……ん？」

カタカタ……と祠全体が細かく震え始めた。

次いでバラバラと祠が崩れ落ち、地面からぶしゅーっと黒い瘴気が噴き出してくる。

（なっ、何だこれは!?）

逃げようとしたが、濃い瘴気に纏わりつかれて身動きがとれなくなった。

「や、やめろ！　俺を誰だと思って……！」

闇雲に怒鳴ったが効果はなく、とうとう祠の残骸を吹き飛ばし、中から巨大な蛇のようなものが這い出てきてしまう。

瘴気のみならず化け物まで出現するとは思わず、レックスは全身の血の気が引いていくのを感じた。

「ひッ……!?」

明らかに危険な物だとわかるのに、身体が金縛りに遭ったように動かない。逃げたいのに逃げられない。

「グオォォォン……！」

地響きのような唸り声が聞こえた刹那、口のような裂け目がぐわぁっと開き、こちらに襲い掛かってきた。

「ま、待て！　誰か助け……ぎゃあああっ！」

悲鳴と共に、レックスは黒い瘴気に飲み込まれた。

◆　◆　◆

「……あら？」

テーブルに置いたティーカップが突然カタカタ揺れ出して、セレスティアは目を見張った。

「エブリン様、ちょっと揺れていませんか？」

「地震？　いや違うわ、これは……」

ガターン、とひときわ大きく地面が揺れ、慌ててテーブルにしがみつく。はずみでガチャン、とポットとティーカップが倒れてしまった。

間髪入れず、噴水広場の方からわらわらと人が逃げてくる。

「うわぁぁ！」

「助けてくれー！」

逃げてきた人たちを追いかけるように、地面を這って瘴気が迫ってきた。

驚愕し、セレスティアはガタンと椅子から立ち上がった。

（瘴気が発生している⁉　突然どうして……⁉）

バートン侯爵家の土地は、シェバがしっかり管理していたはずだ。昨日まで特に問題はなく、穢れや澱みもなかった。

それなのに、何故急にこんなことに……。

（いえ……今は細かいことを考えている場合ではありませんわね）

瘴気が発生しているのなら、自分が何とかするしかない。

「エブリン様、行きましょう！」

いても立ってもいられず、セレスティアは噴水広場に走って行った。

「ちょっとあんた、考えナシに飛び出さないでよ！」

後ろからエブリンも追いかけてくる。

噴水広場に近づくにつれて、徐々に瘴気も濃くなっていくようだった。

「え……」

広場の中央には、小ぶりのトラのような魔物がいた。全身が黒い靄《もや》で覆われており、牙もものすごく大きい。目も鋭く血走っており、こちらを睨んで威嚇してきた。

「ギャアァァ！」

「っ……！」

咆哮《ほうこう》だけで吹き飛ばされそうな威圧感を覚える。腹の底から恐怖が沸き起こり、足元から竦《すく》んでしまいそうだった。

瘴気もどんどん濃くなっていき、街全体が黒く霞んでいく。

(なんて恐ろしい……。けど、こんなところで怖気づくわけにはいきません……！)

この街には、平和に暮らしている人がたくさんいるのだ。それを脅《おびや》かす魔物が現れたなら、退治するのが自分の役目。

ここまで瘴気の濃い魔物は初めてだけど、こちらだって聖女時代に何度も魔物の討伐を経験してきたのだ。

頑張れば何とかなるはず……！

「……いきます」

セレスティアは両手を前方に出し、浄化の光を放った。

だが、放った光は力なく萎れ、魔物に届く前にポトリと地面に吸い込まれてしまう。

(そ、そうでした……！　今のわたくしはエブリン様の身体で……)

浄化の魔法が上手く使えないんだった。しばらく聖女の仕事から遠ざかっていたから、すっかり忘れていた。

「ギャアオオ！」

魔物が雄叫びを上げてこちらに突っ込んでくる。思った以上に早いスピードだったため、避けるタイミングを失ってしまった。

「きゃっ……！」

すんでのところでエブリンに腕を引かれ、魔物の突進を回避できる。

「だから！　考えナシに飛び出すなって言ってんの！　その身体は私のものなんだからね！　傷つけたら承知しないわよ！」

「も、申し訳ありません……！」

「ほら、手を合わせるわよ。私は浄化魔法使えないから、魔力はあんたが出しなさい」

「は、はい……！」

エブリンの手を握り、もう一度魔物に対峙する。

魔物もこちらに向き直り、鋭く吠えながら再び突進してきた。口を大きく開け、長い牙でこちらを噛み砕こうとしている。

「今度こそ……せーの！」

セレスティアは内なる魔力を解放した。

手のひらを伝って飛び出した光は、エブリンの手——正確にはセレスティア本人の身体を介し、矢のように魔物に飛んで行った。

「ギャィ!?」

光の弓矢が直撃した魔物は、後方に吹っ飛ばされて地面に転がった。

「や、やりましたか……？」

魔物に刺さった光の矢が風に散っていき、再び魔物が立ち上がる。

普通の魔物ならこの一撃でダウンするはずだが、今回は予想以上にしぶとかった。

地面に広がっている瘴気を吸収し、より一層強いオーラを纏ってこちらを睨んでくる。

オーラが強すぎて、赤い稲妻が全身にバチバチ纏わりついていた。

「全然倒せてないじゃないの！　力が足りなさすぎるわ！」

「も、申し訳ありません……。ではもう一度……」

「ギャアオォ！」

反撃するかのように、魔物が一声鳴いた。

その鳴き声は強い波動となり、エブリンと繋いでいた手に直撃した。

「きゃっ……！」

衝撃でエブリンと離れてしまう。

その隙を見逃さず、魔物がこちらに迫ってきた。

「っ……！」

魔法での防御は間に合わない。

セレスティアは反射的に顔を背け、手で頭を庇おうとした。

だが次の瞬間、目の前の地面に巨大な光の矢が突き刺さった。

上空から放たれたそれは襲いかかってきた魔物ごと地面を刺し貫き、周囲の瘴気もまとめて祓い除けた。

「ギャアァァ……」

断末魔の叫び声と共に、魔物が光に解けていく。

目を見開いていると、上空から風が吹いてきて、シェバが優雅に降りてきた。

「お嬢様方、無事かい？」

「シェバ様……！　助けに来てくださったのですか……？」

「まあね。何とか間に合ったみたいでよかった」

「あ……ありがとうございます……！　シェバ様がいなかったら、わたくしあの魔物にやられていましたわ……」

うっとりとシェバを見上げる。

一方のエブリンは動揺した様子を見せず、当たり前のようにシェバに頭を下げた。

「シェバ様、ありがとうございます。おかげで助かりました」

「ああ、あなたはエブリンさんだね。あなたも怪我がないようで安心したよ」

「ええ、おかげさまで。長年領地を守ってくださったこと、父ピオニー・バートンに代わり御礼申し上げます」

そんなエブリンの振る舞いを見て、セレスティアは違う意味で感心した。大貴族の令嬢として完璧すぎる振る舞いだった。

（さすがエブリン様、礼儀作法もしっかりしていらっしゃいますわ）

そんなことを思っていると、シェバが真面目な顔で口を開いた。

「ところでお嬢様方、先程の魔物について急ぎの話があるんだ。ちょっと塔まできてくれるかな」

「は、はい……承知しました」

セレスティアは言われるまま、エブリンと一緒に監視塔に戻った。

一階の作業テーブルにはレスター王国の地図が広げられており、地図全体が黒い靄に覆われている。特に王都周辺が最も靄が濃く、逆にバートン侯爵領は靄がなくスッキリしていた。

「これは……？」

「瘴気や魔物の動向が一目でわかる魔法の地図だよ。見ての通り、今は国全体が瘴気で覆われてしまっているんだ」

「え……!?」

「先程魔物を倒したから、バートン侯爵領だけは綺麗になったけどね。ああいう魔物が、突然各地に現れ始めたんだ」

「そんな……どうして急にこんなことに」

つい先程まで平和に街歩きを楽しんでいたのに。一体何がどうなっているのだろう。いきなり国全体が瘴気に包まれるなんて、どう考えてもおかしい。

するとシェバは、小さく首を振って王都を軽く指さした。

「どうやら厄災の封印が解かれてしまったようなんだ。誰かが祠を破壊してしまったらしい」

「えっ!?　あの祠をですか？」

「そう。あそこには厄災が封印されているって言っただろう？　その封印が解かれたから、今まで溜まりに溜まっていた瘴気が一気に噴き出してしまったんだ。しかも王都は厄災本体がいる分、他の場所より瘴気が濃くなっている。パワースポットの上にあるのに、それを物ともしていないね」

「そんな……」

見れば王都だけ黒い靄が盛り上がっており、ドーム状にぷっくり膨らんでいる状況だった。

こんな瘴気は見たことがなく、地図の上からでもぞくっとした寒気を感じてしまう。

「とにかく、もう一度厄災を封印しないと危険だ。私はすぐに王宮に向かうから、お嬢様方は各地の瘴気を何とかしてくれるかい？」

「は、はい、わかりまし……」

「いえ、王宮には私たちが参ります。その間にシェバ様は、今度こそキッチリ厄災を封印できるよう準備なさってください」

言葉を遮るように、エブリンが言った。眉間に深い皺を刻み、いつになく真剣な目でシエバを見上げている。

「私、祠を壊した犯人が誰なのか、おおよそ見当がついているんです。もし私の予想が正しければ、個人的なけじめをつける必要があります。厄災は私たちが足止めしておきますから、シェバ様は一刻も早く封印の準備を」

次いでエブリンは、当然のようにこちらに目を向けてきた。

「もちろんあんたも一緒だからね、セレス。一応まだ現役の聖女なんだから、あんたにもレスター王国を守る義務があるわ。シェバ様には遠く及ばなくても、今度こそちゃんと白魔法を使ってもらうわよ」

「は、はい……！」

「そういうわけですのでシェバ様、私たちを先に王宮までワープさせてください。シェバ様が合流してくださるまで、何とか時間稼ぎをしてきます」

シェバは少し驚いたように目を丸くし、セレスティアとエブリンを交互に見た。

だがすぐに穏やかに微笑み、ゆっくりと頷いた。

「ああ、実に頼もしいね。お嬢様方が手伝ってくれれば、今度こそ完全に封印できるかもしれない」

次いで、シェバはファズに目配せして、とあるアイテムを持って来させた。

ファズはアイテムの紐を口で咥え、セレスティアとエブリン両方の手に落としてくれた。

紐の先には、白い貝殻のようなものがくっついている。

「これは……?」

「瘴気の影響を受けなくなる御守りさ。いくらお嬢様方が凄腕の魔法使いでも、厄災の瘴気を長時間浴びていたら具合が悪くなってしまうからね。持って行きなさい」

「あ、ありがとうございます……」

「もっとも、過信は禁物だ。この子みたいに呪いをかけられないようにするんだよ」

「ギャス」

軽くファズを撫で、シェバは早足で地下室に向かった。セレスティアとエブリンもついて行った。

地下室の中央には魔法陣を描けるスペースがあり、大規模な魔法実験はいつもここで行っている。

シェバは慣れた手つきで魔法陣を描き、中央に立つよう促してきた。

セレスティアはエブリンとお互いに向き合い、両手を握り合った。

「……!」

途端、魔法陣の文字が強く輝き始めた。下からぶわぁっと風が吹いてきて、周囲の景色が霞んでくる。

誤ってはぐれないよう、一層強くエブリンの手を握った。

「封印の準備を整えたらすぐにそっちに向かうからね。くれぐれも、無茶だけはしないように。危なくなったら逃げるんだよ」

光と風に掻き消されながらも、シェバが釘を刺してくれたのが聞こえた。

一応「承知しましたわ」とは答えたのだが、それがシェバに届いたかはわからなかった。

「っ……！」

凄まじい風に吹き飛ばされるように、セレスティアは宙を舞った。

足元が不安定になり、身体と意識が分離するような感覚に襲われる。本能的な不安がこみ上げ、繋いでいる両手ですら感覚がわからなくなってきた。

「……きゃっ！」

不意に身体に重みを感じ、地に足が着く。

着地したはずみで軽く転倒してしまい、自分の銀髪が横目に見えた。

……銀髪？

「ほら、転んでる場合じゃないわよ。早く立ちなさい」

「え……？」

手を差し伸べてくれたのは、エブリン・バートン本人だった。

今までセレスティアが自分のものとして使っていた、エブリンの身体が目の前にいた。

「エブリン、様……？」

「そうよ。厄災と対峙する以上、身体が入れ替わったままじゃ話にならないからね」

「ということは……」

セレスティアは立ち上がりがてら、自分自身を見下ろした。

数時間前、エブリンにコーディネートしてあげた黄色のドレスを着ており、髪も綺麗にカットされている状態だった。

「まあ……本当に元に戻っていますわ。何だか自分の身体じゃないみたいです」

「……私だって、久しぶりすぎて他人みたいよ。慣れるまでちょっと時間がかかりそうだわ」

その時、ドーン、と軽い小爆発が聞こえ、セレスティアはハッと顔を上げた。

自分たちが飛ばされたのは王宮の目の前だった。

王宮のみならず大気そのものが黒い霧で覆われており、非常に視界が悪くなっている。

地面にも濃い瘴気が発生していて、王宮の門を守っていた衛兵たちがバタバタ倒れていた。死んではいないようだが、瘴気にまみれて苦しそうに呻いている。

「ああ……衛兵さんたちが……」

「残念だけど、今は彼らを助けている時間はないわ。厄災を止めるのが先よ」

「……はい、行きましょう」

二人は王宮の中庭に向かって駆け出した。

王宮を通過すると遠回りになるので、教会からショートカットで向かうことにした。

「うう……」

教会でも、いつもの修道女たちが床に這いつくばって苦痛の呻き声を上げている。

すぐに助けてあげたかったが、エブリンに促されてやむなく先に進んだ。

「あそこ！」

中庭は、今までにないほど瘴気が濃くなっていた。

ねっとりと重い空気が漂っており、黒い霧が容赦なく視界を奪ってくる。御守りを持っていても底冷えするような寒気が襲ってきて、自然と指先がかじかむほどだった。

そしてそんな瘴気の中、蛇のような黒い塊が中央で渦巻いているのが見えた。

（あれは……？）

驚いたことに、厄災に果敢に立ち向かっている者が一人いた。

その人は身の丈ほどもある王杖を振り回し、光の弓矢を飛ばしながら厄災の攻撃をいなしている。

「危ない！」

厄災の尻尾が鞭のように唸り、その人を叩き潰そうとする。

セレスティアは反射的に光の弓矢を放ち、標的にぶつかる前に軌道を変更した。

「陛下！」

エブリンが瘴気の中を駆け出した。セレスティアも彼女を追いかけた。

厄災と対峙していたのは、意外にもレスター王国の国王レオポルト本人だった。護衛の者は全員瘴気にやられてしまい、地面に倒れて気を失っている。

「陛下、ご無事ですか⁉」

エブリンが国王に寄り添い、様子を窺う。

国王も瘴気の影響は受けていないようだった。もしかしたら、シェバからあらかじめ御守りをもらっていたのかもしれない。ひとまずよかった。

「エブリン嬢か……？　それに聖女セレスティアも……面倒をかけてすまんな」

「いいえ、ここは私たちに任せて先にお逃げください」

「そういうわけにはいかぬ。民を守るのは王の務め。愚息《ぐそく》のしでかしたことなら、なおさら儂《わし》が責任をとらねばならん」

「え……？」

ハッとして巨大な蛇を見る。

黒い瘴気に覆われて最初はわからなかったが、よく見たらその腹部には誰かが囚われているようだった。

金髪に端整な容姿、王子らしい格好の人物――が、今は瘴気でできた蛇の腹部で白目を剥いている。呻き声は聞こえないので、気を失っているようだった。

「レックス様……!?」

「うーわ……文字通り厄災に飲み込まれちゃってるじゃないの」

　エブリンも半ば呆れてレックスを見ている。

「あれだけ濃い瘴気の中にいたら、何もしなくても衰弱死しそうだわ」

「冷静に分析している場合ではありませんわ！　早くお助けしませんと……！」

「そうね、さっさと苦しみから解放してやるべきよね」

　そう言いつつ右手を前に出し、エブリンは魔力を充填《じゆうてん》し始めた。

「これだけ多くの人を犠牲にしておいて、自分だけは助けてもらえるなんてそんな都合のいい話があるわけない。厄災と一緒に消滅するといいわ」

「え……ちょっとエブリン様？」

「それじゃあレックス、さようなら」

「ちょ、ちょっとお待ちください！」

　慌ててエブリンに飛びつき、魔法の軌道を変える。

　エブリンの手から放たれた力は、厄災の脇を掠《かす》って遠くの城壁にぶつかった。ドカーン、という派手な音がして、力がぶつかった壁に穴が開いた。

「何で止めるのよ!?　レックスごと厄災をぶっ飛ばせるチャンスだったのに！」

「それでも攻撃はお待ちください！　万が一レックス様がお亡くなりになったら、エブリン様が悪者になってしまいます！」

「じゃあどうしろって言うの!?　今はそんな甘いこと言ってる場合じゃないでしょ！　クズ野郎の命ひとつで国を守れるなら安いものよ！」

「だとしても、早まってはなりません！　シェバ様がいらっしゃるまでの辛抱《しんぼう》ですわ！」

何とかエブリンを宥め、セレスティアは蛇の形をした厄災に向き直った。

（なんて禍々しい……。確かにこれは正真正銘の厄災ですわ……）

七年前にシェバが封印した化け物。瘴気をそのまま凝縮したような姿をしており、普通の魔物とは形態からして異なっていた。

瘴気そのものだから実体がないし、その気になれば蛇でも獅子でも鳥でも虫でも、好きな形に変化できるのだと思われる。

であるならば、小手先の攻撃はほとんど効かないに違いない。ダメージが通るとしたら、シェバが放つ超極太の光の弓矢で一気に刺し貫くことくらいか。

でも、そんなことをしたらレックスも巻き添えになってしまう。

「ウオオォォォン！」

厄災が唸るように鎌首をもたげ、大口を開けてこちらに襲い掛かってきた。

セレスティアは咄嗟に両手を前に出し、光のバリアを作って攻撃をガードした。

「くっ……！」

衝撃で後ろに弾き飛ばされそうになり、すんでのところで踏ん張る。

が、厄災の攻撃は思った以上に重く、一撃でバリアにヒビが入ってしまった。

「また来るわよ、セレス！」

「はい！」

魔力を集め、バリアを張り直す。

今度はエブリンも隣で一緒にバリアを張ってくれた。

だが二人がかりでも厄災の攻撃を受けるのに精一杯で、押し返すことはほぼ不可能だった。

「あああもう！　あのバカさえいなければぁぁ！」

怒鳴りながら魔力を放出しているエブリン。

厄災とぶつかり合っているバリアが圧力に軋《きし》み、白と黒の閃光《せんこう》がバチバチ弾けていた。

今はまだ均衡を保っているものの、こちらの魔力にも限度というものがある。

レックスを人質にとられている以上攻撃できないし、かといって永遠に防ぎ続けることもできない。

（あああ、本当にどうしましょう……！）

どうしようもない状況に、だんだん焦りと恐怖がこみ上げてくる。

己を奮《ふる》い立たせようと頑張ってみても、自分の力ではどうにもできない絶望で奥歯がカチカチ音を立て始めた。厄災の前では、清らかな聖女もちっぽけな少女に過ぎないのだと思い知らされた。

シェバ様……シェバ様、どうか力を貸してください……！　ここから一体どうすればいいのですか……？

わたくし達だけでは、もう……！

「大丈夫、そのまま集中して」

「……！」

不意に背中に手が添えられ、ぽっ……と全身が温かくなる。

力強い魔力が身体に流れ込んできて、焦りや恐怖が掻き消された。

「力を『手』に変えて、厄災を貫通させるんだ」

耳元のアドバイスを受け、セレスティアの頭にある考えがひらめく。

(手……そうですわ……！)

咄嗟にバリアを手の形に変え、そのままぐぐ……っと厄災を押し返す。

エブリンも何かを察したように、こちらに力を貸してくれた。

「ええええええぃ！」

セレスティアはありったけの魔力を解放した。

大きな手となった力は厄災の腹部に直撃し、囚われているレックスを掴みながら厄災を貫通した。

「グアォォ……」

厄災を構成していた瘴気が真っ二つに割れる。

黒い煙が霧散するように蛇は形を失い、小さく縮こまってぶるぶる震え出した。

それに呼応するかのように周辺の瘴気が集まり、新たな姿を形成しようとする。

「おっと、そうはいかないよ」

後ろから現れたシェバが、白い壺を厄災に向けた。

途端、周辺の瘴気がみるみる壺に吸い込まれて行き、黒い霧が少しずつ晴れていく。

「グ、ギギィ……！」

凄まじい吸引力には勝てず、厄災は頭から壺に吸い込まれて行った。

全ての瘴気を吸い込んだところで、間髪入れずシェバがきっちり壺の蓋を閉める。そしてしっかりと封印のまじないをかけた。

「……！」

天から陽が差してきた。

見ればすっかり靄は晴れ、地面の瘴気もなくなって大気も元通りになっていた。

倒れていた兵士たちも少しずつ起き上がり始め、お互いに労わり合い始める。

「お、終わったのですか……？」

「ああ。お嬢様たちが厄災を弱らせてくれたおかげで、今度は完全に封印できたよ。これで当分厄災が出てくることはないだろう」

と、シェバが白い壺を見せてくれる。

壺全体には封印のまじないがビッシリ掘られており、壺そのものも特別な魔法の素材でできているようだった。

「こちらの壺は……」

「ロベールに特注していた『封印の壺』さ。たまたま今日完成したっていうから、彼の店まで取りに行っていたんだ。まさかそのタイミングで厄災が解放されるとは思わなかったけどね。でも、間に合って本当によかったよ」

「そうだったのですね……。何にせよ無事封印できて、めでたしめでたしですわ」

そう微笑んだ時、見覚えのない青年がシェバに話しかけてきた。

「兄上……」

「え……」

シェバと同じ艶やかな黒髪をしていて、一回りくらい若く見える。腰には立派な剣を下げており、如何にも鍛えられた剣士という感じがした。

（この方は……まさかファズ様……？）

もしかして呪いが解けたのだろうか。厄災が完全に封印されたから、かけられていた呪いもなくなったのか。

やや驚いてやり取りを見守っていると、ファズは気まずそうに俯き、シェバに向かって頭を垂れた。

「兄上……その、いろいろとご迷惑をおかけして……」

「ファズ……！」

弟の言葉が終わらないうちに、シェバは彼を抱き締めてぐしゃぐしゃと頭を撫で回し始めた。

「ちょ、あの、兄上……!?」

「ああ、よかった！　やっと呪いが解けたんだね……！」

「は、はい……」

「もう私を庇って無茶なことするんじゃないよ？」

一通りもみくちゃにされた後、ようやく解放されるファズ。

（よかったですね、ファズ様）

にこりと目配せしたら、彼はやや恥ずかしそうに目を逸らしてしまった。

「げほっ、げほっ……！　はぁ……はぁ……」

大きく咳き込む声がして、セレスティアはそちらに目を向けた。

ようやく意識を取り戻したのか、レックスが地面に這いつくばりながらぜぇぜぇと荒い呼吸を繰り返した。

だが咳き込んでいること以外は外傷もなく、瘴気の影響も残っていないように見える。

「あの……レックス様、大丈夫ですか？」

念のため声をかけてみたら、レックスはキッとこちらを睨みつけ、立ち上がりながら大声で怒鳴りつけてきた。

「セレスティア！　お前、よくもぬけぬけと『大丈夫か』などと言えたな!?　一体誰のせいでこんな目に遭ったと思っているんだ！　今日という今日は絶対に許さないからな！」

「は、はあ」

「こっちにこい！　お前みたいな馬鹿は、徹底的に灸《きゅう》を据《す》えないとわからないようだからな！　今度こそ手加減なしで調教して逆らえないようにし……」

喚いているレックスの元に、つかつかと歩み寄る人物がいた。国王レオポルトだ。

「え……父上？　何故こんなところに……ぶべっ！」

実の父に思いっきり拳で殴られ、再び盛大に地面にすっ転んでしまう。

「ち、父上、何を……!?」

「お前は喋るな、馬鹿息子が。レスター王国をここまで混乱させておきながら、自分のことは棚に上げて他人の批判か？　愚かもここまで極まると滑稽《こっけい》だな」

「はっ……？」

「今日を限りに、お前の王位継承権は剥奪《はくだつ》する。当然王族からも除籍《じょせき》する。レスター王国を破滅させかけた罪人《ざいにん》として、近日中に裁《さば》かれることになるだろう。覚悟しておけ」

「……!?」

すぐには言われたことが理解できなかったのか、レックスはポカンと口を半開きにしてレオポルトを見上げた。

だがじわじわと理解が浸透してきたのか、慌てて父親に縋りつき始めた。

「ちょっと待ってください……！　いきなり何を言っているんです？」

「いきなりではない。もう決めたことだ」

「いやいや、冗談ですよね？　俺を罪人として裁くなんて、そんなことできないですよね？　実の息子なんですよ？」

「はて、息子とは誰のことだ？　儂の息子に、こんな愚か者はいないはずだが」

「そ、そんな……」

「本当に、こんな息子作らねばよかった。儂の人生にとって最大の汚点だわ。もう顔も見たくない」

「っ……！」

国王にここまで言われ、さすがのレックスもショックを隠せない様子だった。

だがそれでも懲《こ》りず、必死に反論し続ける。

「だ、だとしても、王太子を除籍なんてあり得ません！　そんなことをしたら、父上の後を継ぐ人間がいなくなります。それこそ、レスター王国は滅亡してしまいますよ？」

「庶子《しょし》の男児はまだ残っている。今は幼いが、今からキッチリ教育すれば成人までには王太子らしくなるだろう。分家に王権を譲るのは心苦しいが、お前が国王になるより遥かにマシだ」

「っ……!?」

「お前がもう少しまともだったら、本家の正統な血筋がずっと続いていったというのに……もう先祖に顔向けできんわ」

「そん……」

「兵士たちよ、その愚か者を捕らえよ。そして地下牢に厳重に閉じ込めておけ」

「父上!?　嘘でしょう、そんな……お待ちください！」

「儂は仕事で忙しいのだ。どこかの誰かが国をめちゃくちゃにしてくれたからな。しばらくは復興《ふっこう》や保証にも財源を回さねばならん」

「っ……」

「何をしている、兵士たち。早くそやつを地下牢に放り込め。多少手荒になってもかまわん」

そう命じて、レオポルトは王宮に戻ってしまった。

あまりの出来事に呆然としているレックスを、中庭に残っていた兵士たちが取り囲む。

「な、何だ貴様ら！　何のつもりだ!?　俺は王太子で……！」

「陛下の御命令です。大人しくなさってください」

「や、やめろ！　触るな！　離せぇぇぇ！」

大声で暴れ回るレックスは、複数の兵士に押さえつけられながら連行されて行った。

「ほ、本当に連れていかれてしまいましたわ……。レックス様は一体どうなるのでしょう」

エブリンの顔色を窺ったら、彼女は腰に手を当てて当然の口調で答えた。

「どうもこうも、罪人として裁かれるんでしょ。目撃者も多いし、ここまで実害があったらさすがに言い逃れはできないしね。下手したら斬首《ざんしゅ》もあり得るわよ？」

「えっ!?　斬首になるのですか？　さすがにそれは……」

「ま、そこは陛下の采配《さいはい》によるけど。でもあいつは典型的な無能だから、王族じゃなくなったら生きていくこともできなさそうよね。いっそ斬首にされた方が幸せかもしれないわ」

「それは……」

「哀れに思うなら、あんたが陛下に口利きしてあげれば？　私はあんなヤツ、どうなったって構わないから」

バッサリ切り捨てるエブリン。残念ながら、レックスに対しては一切の情もないみたいだった。さすがは、厄災ごと彼を始末しようとしただけのことはある。

「…………」

セレスティアは黙ってレックスが連れ去られた方向を見た。

かつて入れ替わり直後の自分が捕らわれていた、囚人塔《しゅうじんとう》が目に入った。

7

それから一ヶ月が経過した。

セレスティアは教会に戻り、聖女の業務に勤《いそ》しんでいた。

「セレスティアさん、次の人には病気治癒《ちゆ》のまじないをかけてあげてくれるかな」

「はい」

シェバの指示通り、教会を訪れた人にまじないをかけていく。

本当は入れ替わりが解消されたらすぐに引退しようと思っていたのだけど、シェバが、

「しばらく一緒に働かない？」

と誘ってくれたのだ。

「今回のことでつくづく実感したけど、いざという時に魔物と対峙できる魔法使いが少なすぎるよ。たまたまお嬢様方が優秀だったからよかったけど、あなた達が近くにいなかったら、また厄災の封印が中途半端になっていた。さすがにそれはマズいと思ってね」

「そうですわね……。わたくしも、唐突にあのような厄災が出てきたら一人で戦える気が

しません。実力不足を痛感しましたわ」

「うん。だから、教会で聖導師として働きながら弟子の教育もしていこうかと思って。ここなら座学だけじゃなく、瘴気を祓うっていう実践もついてるからね。それでゆくゆくは、魔法専門の学校も創立してもらうつもり。陛下のことだから、きっと理解してくれると思うんだ」

「まあ……さすがシェバ様、素晴らしいお考えです。ではわたくしは、シェバ様の一番弟子というわけですね？」

「そうなるかな。それなりに厳しく指導するけど、ついて来てくれる？」

「はい、喜んで！」

そんなわけで、聖女として働きながら魔法の勉強をすることになったのである。

（シェバ様のおかげで、出張に出掛ける必要もなくなりましたもの。同じ聖女の業務でも、毎日忙しく飛び回っていた頃とは全然違いますわ）

休日はしっかり取れているし、魔法の勉強も楽しい。今まで感覚的に使っていた魔法を論理的に理解した上で使役するようになったら、魔力の無駄遣いも減った。

今は教会を訪れた人の悩みを聞き、必要なら白魔法で怪我や病気を治してあげたりするのがメインとなっている。

でも、いつかシェバに一人前の聖女として認めてもらえるようになったら、自分も後任の育成に励《はげ》んでみたいなぁ……なんて密《ひそ》かに考えていた。

「兄上、俺にも何かできることはないですか？」

一方のファズは、シェバの側に控えながら毎日のようにご用聞きを行っていた。

「まじないの材料集めとか見回りとか、言ってくれれば何でもやりますよ？」

「いや……今のところは特にないかな」

「な、なら他の雑用は？　部屋の片付けでも衣装の洗濯でも、何でもいいんで」

「うーん、特になし。片付けも洗濯も、白魔法ですぐに済んじゃうし」

「う……」

「やることがないなら、教会前で素振りでもしていたらどう？　腕が鈍《にぶ》るのも困るだろう？」

「……はい」

しょぼん……と肩を落とし、引き下がるファズ。

そんな風に言われた後は、溜息をつきながら教会の階段前で剣をぶんぶん振り回すのがお決まりになっていた。

「ファズ様、そんなに落ち込まないでくださいませ。シェバ様はきっと、掃除や洗濯なんて弟にやらせる仕事じゃないと考えていらっしゃるのですわ」

「……いや、兄上は以前からあんな感じだった。何を聞いても『特になし』って言って仕事を振ってくれないんだ。やっぱり俺じゃ、兄上の役には立てないのかな……」

「いいえ、そんなことはありません。お役に立っていないように思われても、ファズ様は見えないところでシェバ様の役に立っておりますわ」

「そうか？　どこで役に立ってるんだろう……」

「具体的に申し上げるのは難しいですが、シェバ様はファズ様と一緒にいられて楽しそうです。ファズ様はそのままで大丈夫ですよ」

「……本当かぁ？」

ファズは納得できていないようだが、シェバがわざと「特になし」などと言って弟をからかっているのをセレスティアは知っている。

(真面目なファズ様が可愛くて仕方がないのでしょうね。しかしシェバ様も、なかなかに人が悪い……)

可愛いなら素直に可愛いと言えばいいのに……と、少し苦笑してしまう。

ファズの投げやりな素振りを見守っていると、

「あら、また休憩？　なんか最近休憩の頻度《ひんど》が高くない？」

エブリンがロザリーと共に訪ねてきた。

彼女はあの一件以来、何やかんやでまた王宮に返り咲くことができたらしい。今は事後処理でいろいろバタバタしているが、ちょいちょい教会を訪れてくれている。

セレスティアは膝を曲げて挨拶した。

「ごきげんよう、エブリン様。せっかくですから一緒にお茶でもいかがですか？」

「生憎《あいにく》だけど、私は休憩にきたわけじゃないの。一応あんたにも伝えておこうと思ったから足を運んだだけ」

「伝える……？」

「レックスの処遇《しょぐう》よ」

それを聞いて、ハッと息を呑んだ。

そういえばレックスは、囚人塔の地下牢に閉じ込められているんだった。王位継承権を剥奪されると聞いているが、結局どうなったのだろう。

エブリンは顔色ひとつ変えず、続けた。

「結論から言うと、あいつは平民として王宮から追放されることになったわ」

「追放……ですか」

「そう。着の身着のまま一文《いちもん》無しの状態でね。もう王族の特権は使えないから、本当に丸裸で放り出されることになるわ」

「そ、そうなのですね……」

はて、そんな状態でレックスは生きていけるのだろうか。

今まで王太子の身分を使ってわがまま放題、気に入らないことがあったら怒鳴ったり脅したりして思い通りにしてきたのに、それが一八〇度変わってしまうのだ。上手くやっていけるとは思えない。

そもそも「労働して日銭《ひぜに》を稼ぐ」という発想すらないから、食うに困ったら手頃な女性を脅して金品や食事を要求することだってあり得るのではないだろうか。

「それじゃ、私はまだ仕事があるから」

本当に純粋な報告だけして、エブリンはくるりと踵を返した。

だが、このままにしておくのはさすがにモヤモヤが残るので、セレスティアは急いで彼女を追いかけた。

「お待ちくださいませ、エブリン様」

「何よ？　何か聞きたいことでもあるの？」

「いえ、そうではありません。一緒にレックス様に会いに行きませんか？　今はまだ牢の中にいらっしゃるのでしょう？」

「はあ？　何で私が。会いたいならあんただけで行きなさいよ」

「いえ、エブリン様も一緒です。だってわたくし達、まだレックス様から謝罪の言葉をいただいていないではありませんか。ちゃんと反省しているか聞き出して、今までのことを謝っていただかなくては、全てがうやむやになってしまいます」

そう言ったら、エブリンは苦い顔になった。

「謝罪ねぇ……？　そんなの期待するだけ無駄だと思うけど。だってあいつ、今まで一度も他人に頭を下げたことないのよ？　他責《たせき》思考だから反省もしてないだろうし」

「それでも、ダメなものはダメです。わたくし、まだエブリン様を傷つけたことを許していませんので。このまま終わりにするわけにはいきませんわ」

「あのねぇ……」

「これが最後のチャンスです。エブリン様、行きましょう」

セレスティアはエブリンを引っ張って、囚人塔に向かった。

道中、エブリンに「あんた、変なところで頑固よね」と呆れられたが、「これがわたくしですから」と答えておいた。

囚人塔に入り、地下への階段を下りる。

レックスは最も奥まった牢屋に閉じ込められていた。

こちらに背を向けて床に座り込み、力なく項垂《うなだ》れていて表情を窺うことができない。

「レックス様」

試しに呼びかけたら、レックスは勢いよく顔を上げた。

「セ……セレスティア？　それにエブリンも……！　ちょうどよかった！」

鉄格子を掴み、必死の形相《ぎょうそう》でこちらに訴えかけてくる。

「頼む、俺をここから出してくれ！　もう閉じ込められるのはうんざりなんだ！」

「え……」

「だいたい、何で俺がこんなところに閉じ込められなければならないんだ？　そりゃあ祠を壊したのは悪いと思っているさ。だが、俺だって厄災の被害者だろう？　元はと言えば、ちょっと叩いたくらいですぐ壊れる祠を作ったヤツが悪いんじゃないか。俺は悪くない！」

「…………」

「エブリン、お前もだ！　お前は王妃になりたかったんだろう？　俺が王太子でなくなったら、王妃になれないんだぞ。それでもいいのか？　嫌なら早いところ父上を説得しに行ってこい！」

「レックス様……」

……地下牢にいても言動が全くブレていない。ある意味レックスらしくて安心した。

「頭《ず》が高いわよ。口の利き方に気を付けなさい、この身の程知らずが」

「ぐえっ……！」

エブリンが、鉄格子を掴んでいたレックスの手を蹴り飛ばした。

「あんたはもう王太子じゃないし、王族でもない。ただの平民なのよ。私たちにそんな口を利いていい身分じゃないの。いい加減、自分の立場を自覚しなさい」

「なっ……！　お前、ここぞとばかりに調子に乗って……！」

ガン、ともう一度鉄格子を蹴飛ばされ、レックスの言葉が途切れる。

エブリンは、文字通りレックスを見下ろしながら言った。

「そりゃあ王妃にはなりたかったわ。でも、こうなった以上とっくに諦めてる。私はあんたと違って、失った肩書きにしがみつくほど馬鹿じゃないの。残念だったわねぇ？」

「ぐっ……！」

「ていうかあんた、一ヶ月も牢屋に閉じ込められてたくせに何も反省してないの？　馬鹿もここまでくると、本当にどうしようもないわね」

「ああそうだよ！　俺はどうしようもない馬鹿だ！　父上にも幼少期から、馬鹿だの無能だのとさんざん罵られてきたさ！　五歳になっても算術のひとつもできない、国名のひとつも覚えられない、本を読み通す集中力もない……言われ出したらキリがないよ！　挙句、あてつけみたいに俺の周りは賢く優秀な者で固められた。婚約者ですらも、俺より遥かに優秀なヤツが選ばれた。それが俺にとって、どれだけ屈辱だったかわかるか!?　常に周りの者から『こいつは馬鹿だ』と見下され、無能扱いされて影で嘲笑される……そんな俺の気持ちがお前らにわかるか!?」

再びガン、とエブリンが鉄格子を蹴りつけ、レックスの言葉を遮る。

「だから何？　あんたのくだらないコンプレックスのせいで、迷惑を被った人が何人いると思ってるの？　どんな言い訳をしようと、あんたは怒りに任せてレスター王国を滅ぼしかけた。それだけは動かしようのない事実なのよ。そんな大罪人が、被害者ヅラして開き直ってんじゃないわよ！」

「エブリン様」

軽く嗜《たしな》め、セレスティアはレックスを見つめた。

「レックス様……あなたはご自分がお嫌いなのですね」

「はっ……？」

「レックス様が最も憎《にく》んでいらっしゃるのは優秀な周りの方々ではなく、思い通りにならない自分自身なのでしょう。それで周りの方に八つ当たりして、でも気持ちは全然晴れないから、同じことを繰り返してしまうのですわ」

レックスは一瞬虚《きょ》を突かれたように言葉を失った。

だがすぐにふっ……と鼻で笑うと、力なくこう答えた。

「俺はずっとセレスを馬鹿だと思っていた。でもお前は、時々見透かしたように俺の図星を突くことがある。その才能は一体何なんだろうな？」

「レックス様……」

「……ああ、そうだよ。俺はもう、こんな自分は嫌なんだ。中身が空《から》っぽなのを悟られたくなくて、周囲に威張り散らすことしかできない。そんなのも虚《むな》しくてたまらないんだ」

「………………」

「でも、だからといってどうしていいかわからない。そんなの誰も教えてくれなかった。

いくら頑張ろうとしても、勉強も読書も全然続かない。父上に怒られたところで、できないものはできないんだ。俺にもどうしようもないんだ」

「………………」

「それなのに、俺の周りの人間は俺にはできないことを軽々とこなしてしまう。そんなところを見せつけられる度に、『お前は馬鹿なんだ』、『お前は無能で何の取り得もないんだ』って笑われているみたいで……世の全ての人間から馬鹿にされ、見下されているような気がした。それがどうしても耐えられなかったんだ。だからエブリンとも結婚したくなかった。結婚して横に並んだら、どうせまた『エブリン様は優秀なのにレックス様は……』とか何とか言われるに決まっている。そんなのはもう御免《ごめん》なんだよ」

「………………」

「でも、セレスだけは違う。セレスは唯一俺が選んだ女だ。父上が厳選した優秀な側近ではなく、俺が見出した普通の女なんだ。だからセレスだけは、どうしても側においておきたかった。セレスさえ側にいれば、俺を軽んじてくる側近なんて気にならない。だから……だから、何とかしてセレスと結婚したかったんだよ」

「レックス様……」

「……ふん。今更こんなこと言っても無駄だろうけどな。お前は聖女を引退して、他の男と結婚してしまうんだろう？　だったらこんなところで油を売ってないで、さっさとその男の元へ行ったらどうなんだ？」

「えっ？」

何だ、その誤解は。自分はまだ聖女を引退していないし、結婚の予定もないのだけれど。

困惑してエブリンを見たら、彼女はちょっと苦笑して手を振ってきた。

「あー……あれ、私が適当に言ったでまかせなのよね。あんたがあまりにしつこく求婚してくるから、断る口実が欲しかっただけ」

「……は？　どういうことだ？　お前は一体何を言っているんだ？」

ポカンとした顔をしているレックス。

そんなレックスに、エブリンが苛立たしげに暴露《ばくろ》し始めた。

「あんた、本当に一ミリもおかしいと思わなかったの？　私とセレスはね、あんたが祠を破壊するまで、一ヵ月くらいずっと中身が入れ替わっていたのよ。あんたが私に――いえ、私の姿をしたセレスに『婚約破棄だ！』って宣言した数日前からずーっと」

「なっ……何⁉」

案の定レックスは絶句し、こちらを交互に見比べてきた。

この反応からすると、本当に気付いていなかったらしい。今更ながら少し滑稽に思えてきた。

「そ、それは本当なのかセレスティア？　じゃあ、あの時牢屋にぶち込んだエブリンは、

「ええ、そうですわね……。あの時はわたくし、やってもいないことで王宮を追放されてしまって……。レックス様にもいろいろな罵詈雑言《ばりぞうごん》を浴びせられて、さすがに少しショックでしたわ。『この悪女め！』とか『ざまぁみろ』とか」

「そ、それは……」

「でもまあ、そんなことは今更どうでもいいのです」

　あえてにこりと微笑み、セレスティアは続けた。

「わたくし、結果的にはエブリン様と入れ替われてよかったと思っています。エブリン様と入れ替わったおかげで、バートン侯爵領でゆっくりできたんですもの。エブリン様ともお友達になれましたし、とても充実した日々でしたわ」

「な、なんだそれは⁉　じゃあお前は、入れ替わり後も堂々と生活していたということか⁉　そもそも、何故入れ替わっていることを言わなかったんだ⁉」

「だってレックス様は、わたくしの話なんて全然聞いてくださらないではありませんか。牢屋で対峙した時も、『黙れ！』と遮ってしまわれましたし」

「そ、それは、あの時はお前がエブリンだと思っていたからで」

「まあ、レックス様がお話を聞いてくださらないのは今に始まったことではありませんけどね……。何度『お休みが欲しい』と訴えても、まともに取り合ってくださいませんでしたから。だからわたくし、レックス様にはお話しても無駄なのかなって早々に諦めてしまったんです」

「くっ……」

レックスがギリッと歯軋りしたのが聞こえた。

セレスティアは気にせず、穏やかに続けた。

「そんなことよりわたくし、レックス様にとても怒っておりますの。あなたは自分の思い通りにならないことに腹を立てて、エブリン様に襲いかかりましたよね？　運よく何事もなく済みましたが、女性に乱暴を働くなど紳士の風上にも置けません。それに関しては、今ここでキッチリ謝罪していただきます」

「はあ!?　この俺に謝れと言うのか!?　そもそも、俺を騙していたのはお前たちだろうが！　お前らこそ、俺に土下座《どげざ》して謝れ！」

「んまぁ」

「だいたい、俺は襲ったわけじゃない。教育しようとしたんだ！　お前らが生意気なことを言うから、身体にキッチリ教え込もうとしただけだ！　そうでもしないと、生意気な女はおとなしくならないだろ！　俺の言うことを聞かないヤツは、若いうちから教育してやらないと身の程知らずのままに……」

その時、隣のエブリンが片手を前に突き出して勢いよく魔力を放出した。

それは鉄格子をすり抜け、レックスの身体に直撃した。

「うわぁぁっ！」

魔法をもろに受けたレックスは、大きく仰け反って床に頭をぶつけた。

さすがにギョッとしていると、エブリンは全く悪びれた様子もなく口に手を当てて笑ってみせた。

「あら、手が滑っちゃった。まともな人間なら言わないような台詞ばかりだったから、てっきり人外の台詞かと思っちゃったわ」

「な……エブリン、貴様……っ！」

「あんたみたいなクズ野郎、人間にしておくのももったいない。いやしい生き物にでもなって、今までの言動を後悔するといいわ」

「ま、まあエブリン様……」

それくらいにしておきましょう、と彼女を制する。

どういう魔法なのか知らないが、あまり危害を加えるとエブリンまで罪に問われてしまう。それはよろしくない。

「……レックス様。どうあっても謝罪するつもりはないのですか？」

「ふん、今更謝罪なんかしても何も変わらないだろ。だったら謝るだけ無駄だ」

「…………」

「それに……どの道、俺は追放されて平民に落とされるんだ。お前らも全然頼りにならないし、誰も俺のことなんて助けてくれない。俺の人生は終わったんだ。もうどうでもいいさ」

「……そうですか。これが最後のチャンスでしたのに、とても残念です」

せっかくエブリンを引っ張ってまでここに来たのに、レックスから聞けたのはいつもの罵詈雑言と自暴自棄《じぼうじき》な台詞だけだった。

途中少しだけしおらしくなったものの、やはり長年沁《し》みついた振る舞いは変えられないらしい。

誠心誠意謝ってくれれば働き口くらいは紹介してあげられたのに、その道ですら自ら断ってしまうとは……。

セレスティアは内心で溜息をつきつつ、あえて穏やかに挨拶した。

「それではレックス様……いえ、レックスさん、ごきげんよう。どうかお元気で」

丁寧に頭を下げ、エブリンと共に背を向ける。もう振り返ることはなかった。

エブリンは塔を出た瞬間やれやれと肩を竦め、

「結局どこまで堕ちてもクズ野郎はクズ野郎だったわね。面会の意味あったのかしら」

……などとボヤいていた。

「ところでエブリン様、レックスさんにかけた魔法というのは……？」

一緒に教会まで戻る途中、セレスティアは彼女に聞いてみた。もしジワジワと命を奪うような呪いだったら、さすがに解除してあげてと頼むつもりだった。

するとエブリンは、しれっとこんなことを言った。

「ああ、あれ？　自分の姿を変える呪いよ」

「……はい？　あの、それって……」

「だからー、今まで人間の姿だったのが、寝て起きたら別の生き物になってるの。ファズ様にかかっていた呪いと同じかしらね」

「まあ……」

「呪いや入れ替わりみたいな黒魔法は私の得意分野。証拠は残らないし、どうせバレやしないから問題ないわ」

「そ、そうですか……？　でも地下牢に突然大きなドラゴンが現れたら、大騒ぎになりそうなものですが……」

そう懸念したら、エブリンは軽く鼻を鳴らした。

「あのクズ野郎がそんな立派なものになれるわけないじゃない。あの手の呪いは、かけられた人間の精神に左右されるの。ファズ様は努力家の剣士だったから強そうなドラゴンになったけど、レックスの場合はドブネズミが関の山ね」

「ド、ドブネズミ……。そんなものにもなってしまうんですか」

「呪いの効果は千差万別ってこと。ま、どの道追放されちゃうんだから、何になっても変わらない気もするけどね」

「う、うーん……。まあエブリン様が咎《とが》められないのなら、よかったのでしょうか」

教会前まで戻ってきたところで、エブリンはくるりと方向を変えた。

「じゃあ、私はこっちだから。シェバ様によろしくね」

「ええ。また一緒にお茶でもいたしましょう」

王宮に帰っていくエブリンを見送り、セレスティアも教会に戻った。

少しの間、レックスが何に変身するのか予想していたが、帰った途端シェバにまじないを頼まれてしまい、彼のことを考える時間もなくなった。

充実した毎日を送るにつれて、セレスティアの頭から「レックス」の存在は徐々に消え去って行った。

8

それから二年が経過した。

セレスティアは聖女として教会で働きながら、魔法の勉強を続けていた。

シェバの弟子も三人に増え、今ではセレスティアが一番の先輩になっている。

聖女としてもそこそこのベテランになってきたし、これからもシェバの一番弟子として研鑽《けんさん》を積まなくては。

「……ってあんた、また求婚断っちゃったの？」

お茶をしながら近況報告をしていたら、エブリンに呆れた顔をされた。

「ええ……魔法の修行が楽しくて。今は、あまり結婚は考えられませんの」

「まあ、あんたの人生だから好きにすればいいけど。でもあまりのんびりしてると、いざ結婚したくなった時に貰い手がなくなるわよ」

「その時は、わたくしはレスター王国と結婚したと思えばいいのです。一人の男性に尽くすのも、国に尽くすのも同じことですわ」

「……ふ、物は言いようね。そういう考え方、嫌いじゃないわ」

エブリンがハーブティーに口をつける。

今日のハーブは、セレスティアの独自ブレンドだ。シェバのものには敵わないが、他人様に振る舞えるくらいにはなった。あと数年もすれば、シェバのハーブティーに近づけるだろう。

「そういうエブリン様は、次の王太子様の教育係に任命されたのですよね？」

「そうよ。最初は王太子妃に……って陛下に推薦《すいせん》されたけど、さすがに年齢差がありすぎるから断ったわ」

「なるほど……。ですが、それではエブリン様の夢は……」

「ああ、それに関しては心配しないで。確かに王妃にはなれないけど、王太子様を幼少期から直接教育できるのはかなり大きいの」

「？　どういうことでしょう？」

するとエブリンはティーカップを置き、不敵な笑みを浮かべた。

「あえて身も蓋もない言い方をするけど、教育って要するに『洗脳』の一種だからね。幼い頃からきちんとした思想を刷り込めば、多少紆余曲折《うよきょくせつ》あっても真っ当な大人になれるのよ。それこそ『女性に対する道徳心』は、子供の頃から基本中の基本としてしっかり教え込まないといけないと思ってる」

「はあ、なるほど……」

「そういう教育を受けた王太子様が、ゆくゆくは国王になって女性の地位向上に尽力してくれれば、私の夢は叶ったも同然よ。だから王妃になれなくても問題はないの。むしろレックスの子を作らなくてよくなった分、遥かに気持ちは楽だわね」

忘れかけていた人の名前が飛び出してきたので、セレスティアははたと手を止めた。

持っていたティーカップをテーブルに置き、真っ直ぐにエブリンを見つめる。

「レックスさん、今はどうしているんでしょうね？　結局あの後、レックスさんは行方不明になってしまわれましたし」

王宮を追放される日、看守がレックスの牢屋を覗いたらもぬけの殻になっていたそうだ。

誰かが脱獄の手引きしたのではという疑いもあったが、結局それらしい容疑者は見つからず、レックスらしき人物の目撃情報もゼロ。「捜すだけ無駄だから捨てておけ」というレオポルト国王の冷たいお言葉もあり、わずか一ヶ月で捜索は打ち切られてしまった。

（逃亡したというより、エブリン様の呪いで小さな動物に変わってしまったんだと思いますけど……一体何に変化したのやら……）

鉄格子を抜けられるくらいの大きさだから、本当にドブネズミの可能性も……などと考えていると、

「レックスならいるわよ、ここに」

「……えっ？」

エブリンがそんなことを言い出し、後ろのロザリーに目配せした。

ロザリーは荷物の中にあった何かのケージをドン、とテーブルに置き、ドヤ顔でこちらに中を示してきた。

「はい、ご覧ください。こちらが例のクズ野郎です」

「え、これは……」

おがくずを敷き詰めたケージには、餌《えさ》箱と水飲み用の器《うつわ》が置かれている。寝床と思しき家型の置物には、見せつけるように「クズ野郎」という看板がついていた。

問題のレックス——と思しきネズミはおがくずに埋もれてふて寝しており、覗き込んでもこちらと目を合わせようとしない。

「あの、これがレックスさんなのですか？」

「そうよ。私の予想通りだったでしょ。クズ野郎はドブネズミになるのが関の山だって」

「ええ、まあ……。しかしよくわかりましたわね、このネズミさんがレックスさんだって。見た目は普通のネズミさんなので、見分けるのに苦労しそうですけど」

「普通の人は区別できないでしょうね。私は呪った側だからすぐわかるけど、今まで何度も間違われて箒で追い払われたらしいわ。ホント、ざまぁないわよね」

「まあ……」

「で、脱走してしばらくは街中を彷徨《さまよ》ったみたいだけど、自力で食事ができないからだんだん体力がなくなってきたらしくて。とうとう力尽きて、教会前で行き倒れていたそうよ。『誰も俺のことなんて助けてくれない』とか言っておいて、結局は自分で助けを求めているじゃないの。ダサすぎて反吐《へど》が出るわ」

「そ、そうだったのですか……。ですがわたくし、倒れたネズミさんなんて見かけなかったのですけれど」

あれ以来、ずっと教会で仕事をしていたから知らないはずがない。

でもシェバもファズも、他の弟子たちも何も言っていなかった。

一体どういうことなのだろう……？

首をかしげていると、エブリンは愉快そうに説明してくれた。

「コイツを最初に発見したのはファズ様だったのよ。ほら……彼、いつも教会前で素振りしてるでしょ？　それに自分もかつて呪いでドラゴンになっていたから、『このネズミは普通じゃない』って気付いたみたいなの」

「そうなのですか」

「そう。で、ネズミを捕らえてこっそりシェバ様に見せに行ったんですって。そしたらシェバ様、一目で『これはレックスさんだね』って見破ってくれて。とりあえずケージに入れて保護してくれたのよ。その後、私のところに持ってきてくれた。何もかも悟ったような顔で、『彼の処遇はエブリンさんに任せるよ』って言ってくれたの」

「まあ……そうだったのですか。そんなやり取りがされていたなんて、わたくしちっとも知りませんでした」

「あんたはちょうど、まじないの材料の調達に行っていたからね。アレでしょ？　魔法具店でロベールさんに絡まれてたんでしょ？」

「え、ええ……まあ……」

　シェバの昔馴染みという男性ロベール。その人が経営している街外《はず》れの魔法具店に、お使いに行った時のことだ。

「あ〜そうそう！　先日魔力のない人でも回数限定で使える『魔法の杖』を作ってみたんですよ。これ誰か使ってみてくれませんかねぇ？」

「えっ？　そんなものまで作れてしまうんですか？　ロベール様はすごいのですね」

「いやぁ〜それほどでもぉ〜。で、そっちの教会にはシェバの弟がいますよねぇ？　彼、確か魔法使えなかったはずなので、試用をお願いしてもらっていいですかぁ？」

「ええ、わかりました」

「ただ、初めて作ったので予期せぬ反応が起きてしまうかもしれなくてぇ〜、その反応を記録にとっておきたいんですよねぇ〜」

「は、はあ。予期せぬ反応というのは、具体的にどんな……？」

「そりゃあこう、軽く爆発するとか、突然全身の毛が伸びるとか、一定時間声が出なくなるとかですかねぇ～」

「ええっ？　それはちょっと……。ファズ様に何かあったら、シェバ様も心配なさるでしょうし」

「大丈夫ですよぉ～。シェバの弟、今じゃ頑丈な剣士でしょ～？　魔法の杖の副反応程度じゃ死にませんって～」

……さすがに危ないので、「魔法の杖」の試用は丁重に断った。

まだ数回しかお使いに行ったことがないが、ロベール自身かなりの曲者《くせもの》だということは認識できた。モノクルの奥でニヤついている目が少し不気味だった。

エブリンが話を戻した。

「とにかく、あんたにレックスのこと教えると変な情けをかけちゃいそうだし、シェバ様とファズ様はあえて黙っていてくれたみたい。……まああんたの反応を見てると、黙っておく必要もなかった気もするけど」

「え、ええ……。エブリン様から言われるまで、レックスさんのことなんてすっかり忘れていましたから。お恥ずかしい限りです」

「忘れるくらいでいいと思うわ。こんなクズ野郎のために、脳の容量を割くのはもったいないからね」

冗談めかした口調で言うエブリン。

改めてセレスティアは、ケージの中を覗き込んだ。

（レックスさん、何を考えているのでしょうか……。きちんと反省していればいいのですけれど……）

反省さえすればエブリンも呪いを解いてくれそうだが、これぱかりはレックスの気持ちの問題なので自分にはどうすることもできない。

二年間もネズミとしてケージに閉じ込められていれば、少しくらいは心境の変化が出て来そうなものだが……。

「まあでも、エブリン様がお世話しているようなら安心ですわ。ケージの中にいれば、少なくとも衣食住は保証されますものね」

「そうね。だから、そろそろ手放そうかと思って」

「えっ……？」

「だってこのままじゃ、何の罰にもならないもの。ドブネズミになったとしても、私に世話されてたら意味がない。二年も保護してあげたんだから、もう十分でしょ。今度こそ自分の力で生きていってもらわないと」

「それはそうですが……」

セレスティアはエブリンを見返した。

エブリンのいうことは理解できる。自分の力で生きて行かなければ、レックスのためにならない。

だが、今の状態でケージから出されてもそれはそれで困るのではないだろうか。人間の状態ですらちゃんと生きていけるか怪しいのに、ドブネズミの状態では最悪猫に喰《く》われてしまうかもしれない。

「あの……本当に大丈夫なのですか？　さすがにそのまま手放すのは、先行き不安と言いますか……」

「心配しないで、ちゃんと考えてあるから。いくら私でも、ここまで保護しておいて今更無駄死にさせる気はないわ」

「そ、そうですか。エブリン様のことですから、きっと間違いはないのでしょうね」

セレスティアは姿勢を正し、ぐいっとハーブティーを飲み干した。

上質なハーブが染み渡るにつれ、気分も正常に戻ってきた。

「それではエブリン様、ごきげんよう。また王宮でのお話を聞かせてくださいませ」

「私はあんたのノロケ話が聞きたいわ。結婚するつもりなら、変な男じゃないか私が見定めてあげる」

「あら、それはハードルが高いですわね。エブリン様のお眼鏡《めがね》に叶う男性なんて、そう多くはありませんもの」

そう苦笑いし、その場を別れた。

教会に戻ったら、階段前ではファズがヤケクソ気味に素振りを繰り返していた。今日も御用聞きに行ったのに、フラれてしまったらしい。

相変わらずだなぁ……などと思っていると、噂のシェバが教会から出てきた。

「おや、おかえりセレスティアさん。エブリンさんとのお茶はもういいのかい？」

「ええ、今日もたくさんお話できました。……あ、レックスさんのこと聞きましたわよ。教会前で行き倒れていらっしゃったんですって？」

「ああ、そんなこともあったね。彼、元気にしていたかい？」

「ええ、まあ。ケージの中でふて寝していらっしゃいましたが……」

「ふて寝か。まあ、多少気持ちはわかるがな」

と、ファズが口を挟んでくる。

ファズは剣を仕舞い、腰に手を当てて続けた。

「人間以外の生き物でいるのは、意外と心にくるものがあるんだぞ。例え快適に暮らせたとしても、人間としての尊厳《そんげん》はないんだからな。ましてやドブネズミなんて、普通の人からすれば害獣以外の何物でもない。今まで王太子として扱われていたところからいきなりドブネズミに転落したんだから、精神的に病《や》んでしまってもおかしくないだろう」

「そ、そうですか……。ファズ様が仰ると説得力が違いますわね……」

「俺も何度か挫《くじ》けそうになったからな。ドラゴンのままじゃほとんど役に立てないし、このまま兄上の重荷になるくらいなら、黙って出て行ってしまおうかと考えたこともある」

そう言ったら、今度はシェバが首をかしげてきた。

「え、お前そんなこと考えてたのかい？　出て行ったところで、どうせ魔法で追跡できちゃうから意味ないよ？」

「う……ですよね……」

「それに何度も脱走されるのも面倒だから、二度と逃げられないよう檻《おり》に入れて首輪つけて鎖に繋いでたと思うけど。そっちの方がよかった？」

「……勘弁してください」

相変わらず、シェバはファズに対して嗜虐的な台詞が多い。

青ざめているファズに構わず、シェバが続けた。

「そんなことより、まじないの材料を調達しに行ってきて欲しいんだ。今回は量が多いから、セレスティアさんの荷物持ちをしてあげて」

「えっ……？」

急に仕事を振られたファズは、驚いたようにシェバを見上げた。

だがすぐに顔を輝かせると、大きく頷いて答えた。

「任せてください！　それくらい、おやすい御用です」

そして我先にと走って行ってしまう。久々に用事を頼まれたことが嬉しくてたまらなかったようだ。

「やれやれ、もう行ってしまったか。あんなに落ち着きがなくて大丈夫かな？　何を調達してもらうかもまだ言ってないのに」

「久しぶりのお仕事だから張り切っていらっしゃるのでしょう。というかシェバ様も、もっとファズ様を頼ればいいのに」

「これでも頼っているつもりだよ。ただ、あの子はどんなムチャ振りをしても頼みを聞こうとしちゃうからね、仕事も厳選しないといけないんだ」

「厳選、ですか？　魔法が使えなくても、ファズ様は十分お強いですが」

「戦闘面での心配はしてないよ。問題はそこら辺で採取できる素材だ。例えば『白銀草を集めてこい』なんて言いつけたら、籠いっぱいにするまで頑張っちゃってうっかり崖から落ちかねない」

「そ、それは確かに……」

容易に想像できてしまい、セレスティアは苦笑いした。

「だから危なくない仕事を選んで任せてるのさ。というわけで、ファズの御守りよろしくね。メモはこれだよ」

「ハッ……!?」

見れば、ファズの背中はすっかり小さくなってしまっていた。あれでは街中で見失ってしまう。

「ファズ様、お待ちくださいませ！」

セレスティアは急いで彼の後を追った。

慌ただしい毎日だが、心地のいい充実感が今は幸せだった。

＊＊ おまけ ＊＊

それから一ヶ月余りが経過した。

「エブリン様、こちらの髪飾りはいかがですか？」

セレスティアは、休暇を利用して久々に街歩きに出ていた。

王宮近くの街はかなり賑わっており、ただ買い物をするだけでも丸一日過ごせそうである。

貴婦人御用達《ごようたし》のブティックや装飾品の出店、おしゃれなカフェもあるし小劇場等の娯楽施設もあった。もちろん兵士たちがよく通う酒場や武器・防具屋、パン屋や肉屋も揃っていて、行き交う人々も活気に溢れている。

その分瘴気も溜まりやすいが、今は白魔法を使える人材も育ってきたので、大事になる前に対処することも可能だ。

というわけで、今日はエブリンを引き連れてお出掛けに来ていた。

「あら、あそこの見本も可愛いですわね。リボンがたくさん使われていて、ひとつつけるだけでパッと華やかになりますわ」

「……何でもいいから、早く選んじゃいなさいよ」

エブリンはやや呆《あき》れた顔で様子を見ている。

今日訪れているのは、新しくできた髪飾りの専門店だ。自分の好きなパーツ――花や宝石、小さなマスコットを選び、そこから装飾のリボンやフリルを自由にデコレーションして髪飾りを作っていくのである。いわゆるセミオーダーの店だ。

セレスティアはああでもない、こうでもないと花や宝石をとっかえひっかえしながら、エブリンに笑いかけた。

「エブリン様、何でも似合ってしまいそうですわね。選択肢が多いとつい迷ってしまいます」

「え、あんた私の髪飾り選んでたの？　自分のじゃなくて？」

「はい、今日はエブリン様の髪飾りを選ぶ日です。厳選に厳選を重ねますので、少々お待ちくださいませ」

「いや、そんなこと頼んでないんだけど。私のはいいから自分のを選びなさいってば」

「いいえ、今日という今日はエブリン様に髪飾りをつけていただきます。エブリン様、せっかくお綺麗なのに全然ファッションを気にしていらっしゃらないんですもの。そのドレスだって、三日前に着ていたものと同じではありませんか。さすがにそれではもったいなさすぎますわ」

「……悪かったわね、ファッションセンスなくて。朝っぱらから『どのドレスがいいか』なんていちいち考えたくないのよ。面倒臭くてしょうがないわ」

「そうですか？　わたくしからすれば、毎日いろんなドレスを着られて羨ましい限りですわ。聖女の仕事中は基本的に白いローブを被ってしまいますから、好きなドレスを着られるのはお休みの時だけですのよ」

なので今日は、いつぞやバートン侯爵領で購入したパステルイエローのドレスを着ている。これはエブリンと一緒に選んだ初めてのドレスなので、かなり気に入っていた。

するとエブリンは、やれやれと溜息をついてこんなことを言い出した。

「……わかった。王太子様が玉座に着いた暁には、仕事時の制服着用を義務づけていただくわ。それなら毎日同じ格好でも問題ないし、『今日は何を着ればいいか』なんて悩まなくて済むものね」

「まあ、それは思いつきませんでしたわ。さすがエブリン様、革新的なアイデアです」

エブリンが王太子様の教育係なら、レスター王国はしばらく安泰だ。こんな優秀で美人な侯爵令嬢と友達になれて、こちらも鼻高々である。

（そういえば……）

セレスティアは、エブリンの後ろからついてくるロザリーに目をやった。

彼女はいつもエブリンの荷物を持って歩いているが、今日は例のケージを抱えていない。ドブネズミになったレックスが入っていた、あのケージだ。

「あの……エブリン様、レックスさんのケージはどうしたのですか？　やはり手放してしまったのですか？」

「知りたい？」

「え、ええ……ちょっと気になりますので……」

「じゃあ後で教えてあげるわ。それより、早く髪飾り選んじゃって」

「はい、わかりました」

気を取り直し、セレスティアはじっくり時間をかけてエブリンの髪飾りを選んだ。

彼女の茶髪に合うよう白地に薄ピンク色の花を選び、リボン等の装飾は邪魔にならない最低限にまとめ上げた。

試しに鏡の前でつけてもらったら、案の定とてもよく似合っていた。シンプルながらもパッと顔が華やぐ。エブリンの美しさが引き立っていて、とても満足だ。

「……ったく、私を綺麗にしてどうするんだか」

休憩で入ったカフェのテラス席で、エブリンは呆れたように溜息をついた。

「せっかくの休日なんだから、自分の髪飾りを作らなきゃ損じゃないの。私、こんなの普段着けないわよ」

「わたくしだって、そんなに高価な髪飾りは着けませんわ。そういったアクセサリーは、舞踏会のような特別なイベント時に着けるものです」

「だったらなおの事、私が持ってても意味ないじゃないの。私は舞踏会には参加しないし」

「あらそんな、もったいない。三ヶ月後に陛下主催の舞踏会があると聞きましたよ？　一緒に髪飾りを着けて参加しましょう」

「参加してどうすんのよ……。舞踏会ってのは遊ぶところじゃなくて、貴族同士のパイプを作る社交場なのよ？　私は今更パイプなんていらないし、参加してもメリットはないわ」

「大丈夫です、わたくしのメリットはあります。だって、綺麗に着飾ったエブリン様を見せびらかせるんですもの。わたくし、エブリン様の美しさをもっと他の人に知ってもらいたいんです」

「はぁ……？　何なの、その理由は。あんたの方が可愛いんだから、自分が着飾ればいいじゃない」

「それではつまらないではありませんか。エブリン様と着飾って出席するのが醍醐味《だいごみ》ですのに。あ、当日のコーディネートはわたくしに任せてくださいね。レスター王国一の美女に仕上げてみせますので」

そう言ったら、ますます呆れた顔をされてしまった。

「……あんた、私をマネキンか何かだと勘違いしてない？」

「そんな、滅相もありません。エブリン様はエブリン様ですわ」

「……。そういう意味じゃないいんだけど」

諦めたように、エブリンがテーブルの上のクッキーを齧った。セレスティアも紅茶を飲んだ。

そうして一息ついたところで、セレスティアは気になっていたことを尋ねた。

「それで、レックスさんをどうしたかについてですが……」

「ああ、それね。ロベールさんの魔法具店に預けたわ」

「えっ……？　あのお店に？」

ロベールが一人で経営している魔法具店。

ロベール自身かなり癖のある人物で、魔法具の開発と称して怪しい実験を繰り返しているそうだ。

以前お使いに行った時も「魔法の杖」の試作品を押し付けられそうになり、慌てて断った記憶がある。

「……それ、大丈夫なのですか？　もしや実験動物のように使われているのでは……？」

「大丈夫だって。何ならこれから見に行く？」

エブリンがティーカップを置いて立ち上がった。

つれていかれるがまま、セレスティアも街外れの魔法具店に向かった。

「い、いらっしゃい、ませ……」

店に入っていきなり不慣れな「いらっしゃいませ」が聞こえ、おやとカウンターに目をやる。

そこにいた人物は店長のロベールではなく、かなり意外な男性だった。

「まあ、レックスさん……」

「セ、セレスティア!? しかもエブリンまで……！」

金髪碧眼の端整な青年は、間違いなくレックス本人だ。シンプルな白シャツの上に黒いエプロンをしているが、顔も体格も最後に牢屋で会った時とほとんど変わっていない。

そのレックスは、顔を真っ赤にしてこちらを怒鳴りつけてきた。

「貴様ら、一体何しに来た!? 俺を笑いにきたのか!?」

「あんた、私にそんな口利いていいの？ またロベールさんにお仕置きされるわよ」

「なっ、お仕置きって……ぐぎゃあぁ！」

途端、レックスが身体を硬直させながら悲鳴を上げた。

どうやら、彼が嵌《は》めている両手の腕輪から強い電気魔法が走ったようだった。金色の髪が帯電して見事に逆立っている。

「く……くそぉ……」

がくりと脱力し、カウンターに突っ伏すレックス。逆立った髪もへにゃ……と力を失い、すっかりボサボサになってしまっていた。

「うん、今日も精度はバッチリ。ワタシの魔法具はいつもピカイチですねぇ、キヒヒ」

「あら、ロベール様」

店の奥からロベールがやってきた。特徴的なモノクルに肩までの黒髪、黒っぽいローブは如何にも怪しい魔導士という感じがする。

「や〜、エブリンさんにセレスティアさん。今日はどうしました？　魔法具の実験に協力してくださるとか？」

「いえ、レックスの様子を見に来ました。こちらの聖女サマが、どうしても気になるっていうのでね」

「あー、そうなんですかぁ〜。それならまぁ、好きなだけ見て行ってください。店番としてはまだまだで、半人前にも程遠いですけどねぇ〜」

そう愉快そうに笑い、カウンターで倒れているレックスの頭に手を乗せた。ボサボサになった髪を撫でつけつつ、いつもの口調で言い聞かせている。

「レックスくん、もう一度言っておきますね？　どんな人が来ても、まずは『いらっしゃいませ』っていうんですよ？　それができたら、次は『どのような御用件でしょうか？』

って聞いてくださいね？　でないと、また電撃ビリリですからねぇ～？」

念を押し、ロベールは再び店の奥に戻って行った。

店の奥は彼の実験施設らしく、時折妙な爆発音が聞こえてきていた。

「ち、くしょう……」

レックスはよろよろと起き上がり、恨みがましい目でこちらを見てくる。

客に対する態度は微塵もなっていないが、ある意味レックスらしくて安心した。

セレスティアはにこりと微笑み、膝を曲げて挨拶してみせた。

「ごきげんよう、レックスさん。まさかロベール様のお店で働いているとは思いませんでしたわ。お元気でしたか？」

「……ふん。俺もまさか、こんな店で働かされるとは思っていなかったわ。それもこれも貴様が変な男にケージを預けるからだぞ、エブリン！」

「あら、働き口があるだけマシでしょ。呪いも解除してあげたんだし、むしろ感謝して欲しいくらいだわ」

「くっ……だからって、こんな風にこき使われるなんて聞いてないぞ！　しかも何だ、この腕輪は！　これじゃ自由に動けないじゃないか！」

レックスが忌々しげに腕輪を外そうとする。

ロベールの魔法具らしき緑色の腕輪は自力では外せないようになっているらしく、レックスがいくら引っ張ってもびくともしなかった。

それどころか、

「って、ぎゃあぁぁ！」

……無理に力を加えると、電流が走るオマケつきらしい。

再びカウンターに突っ伏してしまったレックスを、エブリンが呆れ顔で見下ろした。

「あんた、ホンットに学習しないわね。あんたみたいな馬鹿、普通のお店じゃ絶対に働けないわよ。すぐクビになって路頭《ろとう》に迷うのがオチだわ」

「ぐ、ぎぎぎ……」

「それでも面倒見てくれてるロベールさんに、感謝するのね」

「まあまあ、エブリン様。レックスさんはレックスさんなりに、頑張っている最中なのですから」

以前のレックスだったら、「いらっしゃいませ」なんて絶対に言えなかった。客に挨拶するなんて考えられないことだったのに、少しずつでも進歩しているのだ。

（レックスさんも、ちゃんと成長できるのですね）

この調子で前に向かって進んで行けば、いつかは自分の過《あやま》ちにも気づいてくれるかもしれない。やったことは戻らないし、過去の発言もなかったことにはできないけど、いつかどこかのタイミングで「俺が悪かった」と反省できたのなら、それはレックスにとって大きな一歩になるはずだ。

　セレスティアは晴れやかな笑みをレックスに向けた。

「レックスさん。これからも店番、頑張ってくださいね。わたくし応援しておりますわ」

「……ふん」

「では、またお使いにきた時にでもお会いしましょう」

　優雅にお辞儀をし、セレスティアはエブリンと店を出た。

　帰り際、ロベールに「これシェバに届けてくれませんか～？」と怪しい麻袋を持たされた。中身は茶葉のようだったが、一体何なのだろう……？

「それにしてもさすがエブリン様ですわ。ロベール様のお店に預けるなんて、わたくしでは思いつきませんでした」

「人手が足りないとは聞いてたからね。あの店はロベールさんが一人で回してるから、店番くらいは欲しかったみたいよ？　あんなポンコツでもカウンターに突っ立っていることはできるから、まずはそこから教育していくつもりらしいわ」

「そうなのですね。とにかく、レックスさんにぴったりの職場が見つかってよかったですわ」

「そうね。平民になったからには、平民としてしっかり働いてもらわなきゃ。でないと、王宮から追放された意味がないわ」

「ふふ、エブリン様も何だかんだでお優しいですわね。レックスさんに更生《こうせい》の機会を与えてあげるなんて」

「……そんなんじゃないけど。でも今までず〜〜っと遊び呆《ほう》けてきたんだから、ロベールさんにこき使われるくらいでちょうどいいのよ」

　エブリンらしい台詞だ。

　セレスティアも、彼が「平民のレックス」として生まれ変わる日を楽しみにしている。

「じゃ、私は帰るわ。……髪飾りありがとう。今度はあんたのものを選びに行きましょ」

「はい、喜んで。舞踏会も一緒に参加しましょうね」

「……それは考えておくわ」

　王宮に帰っていくエブリンを見送りながら、セレスティアも教会に戻った。

　早速ロベールの麻袋をシェバに渡し、着替えをしようと自室に入る。

　聖女専用の白いローブを羽織り、魔導書の続きでも読もうか……としていた矢先、生活スペースから「ボン！」という小さな爆発音が聞こえてきた。

「ど、どうなさったのですか？」

　慌てて自室から飛び出したところ、視界が白い煙で覆われてしまう。

　一メートル先も見づらい状況で、シェバもファズも咳き込んでいた。怪我はないようだが、一体何があったというのだろう。

「あの……シェバ様？　ファズ様も大丈夫ですか？」

「ああ、怪我はないから心配しないで」

シェバが一番近くにあった窓を開け放つ。それで少しは視界がよくなった。

「あの、この煙は一体……？」

「ロベールの茶葉が爆発したんだよ」

「……え？　茶葉が爆発？」

「そう。どうやら茶葉に『ケムリイモ』の粉末が混ぜられていたみたいでね。ケムリイモって知ってるでしょう？　煙幕玉《えんまくだま》を作る時に使う材料さ」

「え、ええ……。ですが、そんなものがどうして茶葉に……？」

「……いやね、ロベールって昔からわけのわからないものを差し入れにくれることがあって。なんか怪しいなと思って、試しに少しだけお湯を注いでみたらこの有様だよ。魔法具を作る腕はピカイチだけど、人柄はどうも信用できないね……」

ごほごほ……と何度か咳をしているシェバ。

ファズも怒り心頭で、

「もう今日という今日は許せん！　あいつの店ごと叩き切ってくれる！」

怒りのまま、教会を飛び出して行ってしまった。

（ロベール様……面倒見はよくても、やっぱり曲者のようですわね……）

次にお使いで店を訪れる時は、変なものを渡されないよう気をつけよう……と心に誓う。

「まったく、余計な仕事を増やしてくれちゃって……」

シェバが指を軽く振り、周囲の煙を払っていく。

「わたくしもお手伝いしますわ」

セレスティアも一緒に白魔法で部屋全体を掃除した。

何だかんだで、教会は今日も平和だ。

お・し・ま・い

コスミック文庫 α

悪女《あくじょ》と入《い》れ替《か》わったので、聖女《せいじょ》を辞《や》めて田舎《いなか》でスローライフを満喫《まんきつ》します

2024年 12月 1日　初版発行

【著者】　夢咲《ゆめさき》まゆ
【発行人】　松岡太朗
【発行】　株式会社コスミック出版
〒154-0002　東京都世田谷区下馬 6-15-4
【お問い合わせ】　一営業部一　TEL 03(5432)7084　FAX 03(5432)7088
一編集部一　TEL 03(5432)7086　FAX 03(5432)7090
【ホームページ】　https://www.cosmicpub.com/
【振替口座】　00110-8-611382
【印刷／製本】　中央精版印刷株式会社

ISBN978-4-7747-6612-6 C0193